D1872346

Ein Chemielaborant, der in einem überalterten Dorf im Harz nach der Liebe sucht – und eine Eule findet. Ein Manager, der als ein guter Erwachsener in Hotelzimmern liegt und von den Sünden seiner Jugend heimgesucht wird. Ein Housesitter, der ein Sofa versaut, einen Baum tötet und eine Minderjährige verführt. Sie alle heißen Benjamin. Sie alle irren umher. Durch Wälder und Tierparks, über Familienfeiern und Vorortstraßen. Nach seinem vielgelobten Prosadebüt »Die Welt ist ein Parkplatz und endet in Disneyland« zeigt Benjamin Maack in »Monster« erneut, mit welcher Konsequenz und Überzeugungskraft er erzählen kann. Spannend, provokant – und manchmal ungeheuer witzig.

BENJAMIN MAACK, geboren 1978 in Winsen an der Luhe, lebt und arbeitet als Autor und Journalist in Hamburg. Für seinen Erzählband »Monster« wurde er mit dem 3sat-Literaturpreis in Klagenfurt ausgezeichnet.

Benjamin Maack

MONSTER

btb

MIX
Papier aus verantwortungsvollen Quellen
FSC® C083411

Verlagsgruppe Random House FSC® N001967
Das für dieses Buch verwendete FSC®-zertifizierte
Papier *Lux Cream* liefert Stora Enso, Finnland.

1. Auflage
Genehmigte Taschenbuchausgabe Mai 2015
btb Verlag in der Verlagsgruppe Random House GmbH, München
Copyright © 2012 by mairisch Verlag
www.mairisch.de
Lektorat: Daniel Beskos, Peter Reichenbach
Übersetzung der spanischen Passagen: Julia Northoff
Textauszüge aus »Kurzgefasster Bericht von der Verwüstung
der westindischen Länder« von Bartolomé de Las Casas
basierend auf der Übersetzung von Ulrich Kunstmann,
Insel Verlag, Frankfurt a.M. 2006
Umschlaggestaltung: semper smile, München,
Umschlagillustration: © plainpicture / Onimage
Druck und Einband: CPI – Clausen & Bosse, Leck
MK · Herstellung: sc
Printed in Germany
ISBN 978-3-442-74811-2

www.btb-verlag.de
www.facebook.com/btbverlag
Besuchen Sie auch unseren LiteraturBlog www.transatlantik.de!

Viel schlimmer als die dunklen Räume sind die spiegelnden Fenster

I

Es ist plötzlich da. Wie hineingestürzt ins Licht und auf die Straße. Das Ding. Der Mensch oder das Tier im Scheinwerferlicht. Zu schnell, um zu erkennen, was es ist. Plötzlich ist da was auf der Straße. Plötzlich ist es ein Geräusch unter dem Wagen, ein Schleifen oder Kratzen. Ein Scharren. Ein roter Schemen im Rücklicht.

Tier. Bitte.

Sich darauf vorbereiten, getötet zu werden, wie man in dunklen Wäldern getötet wird, wenn man aus Autos steigt. Die Tür öffnen. Aussteigen.

Tier, Tier, Tier.

Bitte, bitte, bitte.

Im Schein der Rücklichter liegt die Gestalt unter einer Decke aus Rot und Schwarz. Viel kleiner, als sie sich unter dem Auto angefühlt hat. Eine Form, irgendwie oval, ein Tier, ein Vogel. Ja, nur ein dummer Vogel. Eine Eule.

Den Körper umfassen. Ja, es ist eine Eule. Das ist gut. Eine gute Sache. Eine gute Eule.

Da ist eine Kälte wie Nacht im Gefieder, aber darunter fühlt sie sich warm an. Mit beiden Daumen durch den Flaum auf der Brust streichen. Ganz weiche Federn. Daunen. Die Eule vom Asphalt nehmen. Eine schwere Eule. Sie mit ausgestreckten Armen vor das Gesicht heben wie einen Säugling. Angeschaut werden von zwei trüben Murmeln. Den Wind hören. Ungewöhnlichen Wind, irgendwie wild. Oder wütend. Wind, der den Wald und seine Wesen beschützt. Wind, der heranrauscht, um einen Mörder zu bestrafen.

Du willst ins Auto. Du musst ins Auto. Nur schnell einsteigen. Bevor der Wind kommt. Die Eule auf dem Beifahrersitz anschnallen und mit ihr verschwinden. Die Eule ins Auto. Die Beifahrertür öffnen, die Eule auf dem Arm. Die Eule ins Auto. Die Eule ins Auto. Nachdenken. Nachdenken, nachdenken, nachdenken. Zum Kofferraum. Den Deckel öffnen. Den Vogel neben die schwarze Reisetasche. Den Deckel luftdicht zuknallen lassen.

Benjamin springt ins Auto und drückt den Knopf für die Zentralverriegelung.

Jetzt hast du eine Eule, denkt er. Neben deiner Reisetasche im Kofferraum ist jetzt eine Eule.

Kathrin hat den großen Hammer aus der Werkstatt ihres Vaters geholt. Breitbeinig steht Benjamin in dem alten Hühnerkäfig, einem Holzgerippe mit Kaninchendrahtverschlag und Wellblechdach. Er schlägt auf eine alte Autobatterie ein. Das blinde Plastik lässt das Werkzeug zurückfedern. Er holt wieder und wieder aus.

Dum, dum, dum.

Dumpfe Schläge auf den schmutzigen Block.

Spielt egal wo, hat Kathrins Vater gesagt, aber nicht in dem alten Hühnerkäfig. Da habe ich überall Rattengift ausgelegt, in den Brettern stecken rostige Nägel, die euer Blut verseuchen. Und Finger weg von den Autobatterien, in denen ist Säure, die ätzt euch alles weg.

Der Junge mit dem Hammer schwitzt, er atmet mit offenem Mund. Er schlägt auf die Batterie ein, weil er und das Mädchen Säure besitzen wollen. Kathrin steht ein bisschen abseits, viel zu große, sehr gelbe Geschirrspülhandschuhe an ihren Kinderhänden, um später alles genau zu untersuchen. In einer Hand hält sie eine leere Coladose. Um die Säure abzufüllen, wenn die Batterie geknackt ist. Kathrins Hemd mit dem Vogelmuster hängt unordentlich aus ihrer roten Kordlatzhose. Sie hat die Ärmel hochgekrempelt, als würde sie die ganze Arbeit machen. Bei jedem Schlag verzieht sich ihr Gesicht, als hätte sie den Hammer in der Hand.

Das Plastik knackt.

Auf der Batterie öffnet sich ein langer Spalt.

Benjamin lässt den Hammer fallen und fasst sich ins Gesicht.

Dann schreit er.

»Mir ist was in den Mund gespritzt! Auf meine Zunge!«

Kathrin muss nicht lange überlegen. Muss sie nie.

»Säure. Das muss die Säure sein. Nicht schlucken. Spuck aus. Nein, halt! Spuck nicht aus.« Kathrin schreit auch. Weil alles Lärm ist in diesem Moment.

»Lass den Mund auf. Streck die Zunge raus. Merkst du schon was? Nein, nicht reden. Komm mit.«

Benjamin schreit, Kathrin packt ihn am Arm, schleppt den weinenden Jungen hinter sich her zu dem anderen Lärm vor dem Haus. Dort mäht ihr Vater den Rasen.

»Papa! Benjamin hat Batteriesäure auf der Zunge«, schreit sie, legt ihren ganzen Atem in den Schrei.

Der Rasenmäher geht aus.

»Was ist los?«

»Wir wollten Säure haben. Dafür mussten wir doch den Hammer nehmen. Wir wollten ihn aber gleich danach zurückbringen. Dann hat Benjamin die Säure auf die Zunge gekriegt. Wir sind aber gleich hergekommen. Ehrlich.«

»Ich habe euch doch gesagt, dass im Schuppen nicht gespielt wird.«

»Muss er jetzt sterben?«

»Wo ist es denn hingespritzt?«

»Ein Tropfen. Auf seine Zunge.« Kathrin zeigt mit den großen gelben Handschuhen auf Benjamins offenen Mund.

Der Vater zieht seine Arbeitshandschuhe aus, mit schwieligen Fingern drückt er die Zähne des Jungen auseinander und wirft einen Blick hinein. Zwei Tränen laufen über das Gesicht mit den Fingern im Mund, eine links, die andere rechts die Wangen herunter und treffen sich am Kinn.

»Das tut mir leid, Benjamin«, sagt der Vater, er sieht den Jungen ernst an, »wahrscheinlich musst du jetzt sterben.«

»Was muss er?«, kreischt Kathrin.

»Du gehst jetzt besser nach Hause. Und du kommst mit, junge Dame.«

Ohne Benjamin noch einmal anzuschauen, packt Kathrins Vater seine Tochter an den Latzhosenträgern und zerrt sie ins Haus.

»Aber Benjamin ...« Die Tür fällt ins Schloss und es ist still. Der Junge steht plötzlich allein da. Ein paar Sekunden steht er nur so da und wartet, schaut dumpf auf das frisch geschnittene Gras vor seinen Füßen und wartet, dass er stirbt.

Fast ist er ein bisschen gespannt.

Er fühlt ein Kribbeln in seinen Händen und Füßen, als würde es schon losgehen.

Aber seine Eltern. Die wären bestimmt sauer, wenn er einfach hier auf dem Rasen vor dem Haus von Kathrins Eltern sterben würde.

Er fängt an zu rennen. Unter seinen Füßen das Gras, dann die feste Erde auf der Einfahrt, dann der Staub des Fahrradweges. Er rennt nach Hause, um seinen Eltern zu sagen, dass er gleich tot ist. Da fällt ihm ein, dass er sein Rad vergessen hat. Er will nicht, dass seine Eltern fragen, wo denn sein

Fahrrad ist, wenn er ihnen etwas so Wichtiges zu sagen hat. Benjamin läuft zurück zu Kathrins Haus.

»Benjamin!«

Kathrin hat verheulte Augen, sandigen Schnodder unter der Nase.

»Streck deine Zunge raus!«

Sie kreischt ihn an.

Er streckt seine Zunge raus.

»Noch weiter!«

Sie kreischt, obwohl sein Gesicht jetzt direkt vor ihrem ist.

Er streckt seine Zunge noch weiter raus.

Kathrins Gesicht kommt noch näher.

Dann drückt sie ihre Zunge fest gegen seine.

»So«, sagt sie, »wenn du stirbst, muss ich auch sterben.«

Ein Schlüssel dreht sich im Schloss, eine Runde, zwei Runden, ein Schnappschloss schnappt, eine Türkette klappert. Die Tür öffnet sich einen Spalt.

»Wer ist da?«, fragt Kathrin.

»Ich.«

»Wer?«

»Ich.«

»Benjamin?«

»Ja.«

»Wir schlafen schon. Komm rein.«

Kathrin hat einen Becher auf den Küchentisch gestellt. In einem großen Frotteebademantel steht sie an der Anrichte und schüttet Kaffee in einen Papierfilter.

»Was machst du hier?«

»Ich dachte, ich komme dich mal besuchen.«

Sie nimmt einen Becher aus einem der Schränke und stellt

ihn wieder zurück, klappert in der Geschirrschublade, dann dreht sie sich um.

»Ich verstehe das nicht«, sagt sie, »wir haben Ewigkeiten nichts von dir gehört. Hast du meine Briefe nicht gekriegt?«

»Doch. Alle. Wo ist denn Stephan?«

»Er hat schon seine Medikamente bekommen.«

»Tut mir leid, dass ich mich nie gemeldet habe. Aber jetzt habe ich frei. Ich wollte euch sehen. Was ihr so macht. Wenn ich darf, würde ich gern ein paar Tage bleiben.«

»Wir haben kein Gästezimmer, nur Stephans alten Raum oben. Er schafft die Treppe nicht mehr.«

Die Matratze des weiß gelackten Krankenhausbettes ist aus medizinischen Gründen hart. Der Mond lässt die Holzbalken unter der Decke lange schwarze Schatten werfen. Draußen geht der Wind durch die Bäume, es raschelt in den Wänden. Das Gebälk des alten Hauses arbeitet. Bilder rauschen ihm durch den Kopf. Dic Stadt, aus der er weg ist. Die letzten Tage im Labor. Kathrin im Bademantel. Die Eule im Kofferraum. Alles vermischt sich. Benjamin ist schrecklich müde, endlos erschöpft. Alles vermischt sich, alles wird eins.

Mitten in der Nacht wecken ihn Geräusche auf dem Flur. Dumpfe Schläge. Eine lange Pause zwischen jedem Laut, als falle etwas unendlich langsam die Treppe hinunter.

Dum.

Dum.

Dum.

Jetzt ist es im Haus, denkt Benjamin plötzlich.

Die Beine an den Körper gezogen, die Decke bis unter das Kinn. So wartet er, dass die Tür sich öffnet und etwas Kaltes ihn am Fuß packt.

2

Hinter dem Haus hebt sich ein Berg. Dicht bewaldet. Ein Rücken aus Buchen, ein paar Fichten. Stämme, Laub, Gräser, Moosgrund, mehr zu erahnen als zu erkennen. Schlierig ineinanderlaufende Braun- und Grüntöne. Eine unscharfe, verwischte, verwucherte Masse. Und in der Mitte das Haus, Kathrins und Stephans Haus. Grau verputzte Fassade, das Obergeschoss mit dunklem Holz verkleidet, ein breiter Balkon. Unter dem schweren Schieferdach beugt es sich in die Vegetation, verläuft an seinen Rändern mit der Umgebung, mehr Schmutzfleck als Gebäude. Dafür sehen die Wolken aus wie Felsen. Scharfe Schatten, schartige Spalten. Bedrohliche Umrisse im Himmel. Wie ein Meteoritenschwarm, ein paar hundert Meter vor dem Einschlag auf der Erde, ein Blinzeln davon entfernt, alles irdische Leben auszulöschen.

»Du malst immer noch«, sagt Benjamin. Das Aquarell hängt über dem Küchentisch, ein Bild in einem alten Rahmen aus sehr dunklem Holz. Kathrin macht Frühstück. Sie kocht Kaffee, presst Orangen, schneidet grüne und rote Paprika in Streifen, legt Wurst- und Käsescheiben fächerförmig auf einen Teller. Dann holt sie Blister und Gläschen mit Tabletten aus dem Seitenfach der Kühlschranktür und lässt Pillen und Kapseln in die Waben einer cremeweißen Plastikdose klackern. Sie schaut auf ihr Werk und greift sich noch eine Paprika.

»Nein, eigentlich nicht. Ist das einzige Bild, das ich hier gemalt habe. Ganz am Anfang, als wir hergekommen sind. Als es Stephan noch besserging.«

Kathrin spült ihre Paprikahände unter dem Wasserhahn ab, stellt Teller und Tassen auf den Frühstückstisch. Sie sieht gut aus in dem Sonnenlichtstreifen, der durch die Verandatür fällt. Viel besser als gestern Abend.

»Du könntest mal wieder was malen«, sagt er, »solange ich hier bin. Ich würde in der Zeit auf Stephan, na ja, aufpassen. Wenn ich das kann.«

»Guten Morgen, Hase. Oder ... sollte ich sagen ... ihr Hasen? Ich sehe, du ... hattest jemanden über ... Nacht da.« Stephans Stimme klingt, als müsste sein Adamsapfel für jede Silbe ein Tonnengewicht stemmen, zwischen den Satzfetzen schnappt er nach Luft. Sein Kopf wird von einer Nackenstütze aus blankem Metall gehalten. Er muss die Augen etwas nach oben verdrehen, um Benjamin anzusehen. Das gibt seinem Blick etwas Verschlagenes, Tierhaftes.

»Lass nur, ich hab alles weggeworfen«, sagt Kathrin in Benjamins Richtung. Sie wischt sich die Hände an einem Geschirrtuch ab, geht zu Stephan, nimmt seinen Kopf zwischen ihre Handflächen und küsst seine Stirn.

»Du bist hier der einzige Hase, und jetzt sei brav und hoppel an den Tisch.« Der elektrische Rollstuhl surrt durch die Küche. Benjamin ist nicht sicher, ob er aufstehen soll, beugt sich unschlüssig vor.

»Ich bleib sitzen ... wenn ... du es auch machst«, sagt Stephan. »Wie geht es dir, ... Mann. Wir haben uns ewig ... nicht mehr gesehen. Eigentlich, seit wir ... aus der Stadt ... weg sind, du ... treulose Tomate.«

»Ich ...«

»Du siehst gut aus. Na ja, auf jeden ... Fall besser als ich. Oder sagen wir mal, besser ... auf den Beinen.«

Kathrin gießt Kaffee ein, stopft Stephan ein Geschirrtuch in den Pullikragen.

»Du bist auch wie so ein sturer Hundertjähriger. Da haben wir mal Besuch, und du musst erst deine doofen Zeichentrickserien gucken. Schinken oder Pute?«

»Schinken.«

Sie belegt eine Scheibe Brot, schneidet sie in briefmarkengroße Rechtecke und beginnt, Stephan die Stücke in den Mund zu stecken. Zuerst bewegt der seine dürren Arme noch so, als wolle er das selbst machen, doch seine Bemühungen sind nur ein schwacher Schatten hinter Kathrins routinierten Handgriffen. Schwer atmend kaut er das Brot.

»Sieh mich an, ... alter Kumpel ... Fernsehen ist alles, ... was mir geblieben ist«, keucht Stephan theatralisch, und Benjamin erkennt den Stephan, der früher einmal sein Mitbewohner war. Er muss lachen.

Kathrin und Stephan gucken ihn an, als wäre er eben erst in den Raum gekommen.

»Ergötzt du dich ... etwa an unserem Leid?«, fragt Stephan. Er schielt Benjamin jetzt ganz ernst ins Gesicht. Ein glänzender Brotkrümel klebt in seinem Mundwinkel.

»Hör nicht auf ihn«, sagt Kathrin, »er macht nur blöde Witze. Na ja, streng genommen, macht er ziemlich häufig ganz gute. Der hier war jetzt blöd. Weißt du schon, was du heute machen willst?«

»Keine Ahnung«, sagt Stephan, jetzt mit einem schmalen Lächeln im Gesicht. »Ich denke«, sagt er, »ich gehe eine Stunde ... joggen, danach ... raus in den Garten, ... holzhacken und später ...«

Kathrin wirft ihm einen Blick zu, der ihn scherzhaft nach Atem ringen lässt.

»Nicht den ... Todesblick, dunkle ... Imperatorin. Ich füge mich ... Ihrer Macht.«

Kathrin lacht und rollt übertrieben die Augen.

»Also, Benjamin, was hast du vor?«

»Wenn ich echt ein paar Tage bleiben darf, würde ich erst mal meine Sachen aus dem Auto holen.«

»Hey, alter ... Kumpel. Mi casa ... es su casa, ... eh? Wenn du ... willst, kannst du nachher ... sogar ’ne Runde in meinem ... Rolls drehen.« Stephan lässt seinen Rollstuhl vor- und zurückzucken.

Am Abend zuvor hatte Benjamin sein Auto unten am Straßenrand geparkt. Irgendwie konnte er den Weg zu diesem dunklen, grauen Umriss zwischen den Bäumen nicht hochfahren. Er ging die Auffahrt hoch. Kies, kalkweiß lag der im Mondlicht, knirschte unter seinen Sohlen. Die Fenster waren schwarze Quadrate in einer flachen Hauskulisse. Als würde direkt hinter ihnen das Nichts anfangen, das Benjamin hier erwartete. Ja, er hatte die Briefe von Kathrin bekommen, die Fotos vom Haus, von den Bergen und dem Dorf. Die Weihnachtspostkarten. Aber er hatte das alles nie ernst genommen. Für ihn waren Stephan und Kathrin zwar weg aus der Stadt, aber nie woanders angekommen. Sie waren einfach weg. Als Benjamin den Klingelknopf drückte, rechnete er nicht damit, dass Kathrin ihm die Tür aufmachen würde. Irgendjemand, klar. Eine uralte Frau, die einen müden Fremden hereinbitten und ihm eine dick geschnittene Scheibe Bauernbrot mit selbst eingekochter Marmelade schmieren würde, bevor er sich wieder auf den Weg machte. Oder ein Mann mit einer Flinte im Anschlag. Bis er ihre Stimme hörte, hatte er gedacht, dieses Haus könne jedem gehören, aber nicht Kathrin und Stephan. Bis sie die Tür öffnete, hatte er nicht ausgeschlossen, dass seine älteste Freundin sich einfach in Luft aufgelöst hatte. Dann öffnete Kathrin die Tür und sah aus wie Kathrin, redete wie sie. Das ganze Haus roch nach ihr.

Benjamin öffnet den Kofferraum und macht vor Schreck einen taumelnden Schritt rückwärts, rutscht fast auf dem Kies aus. Große Murmelaugen, schwarze Pupillen mit einem dünnen bernsteingelben Ring darum, zwei Sonnenfinsternisse in einem Nest aus Federn. Aus dem schummrigen Dämmer seines Kofferraums schaut sie ihn an. Einfach so, als hätte sie die ganze Zeit gelauert, als hätte sie nur auf diesen Moment gewartet. Neben seiner geräumigen Sporttasche liegt die Eule und sieht mit starrem Blick zu ihm hoch. Er schnappt sich die Tasche und schlägt den Kofferraum viel zu heftig zu. Als er zurück zum Haus geht, sieht er Stephans Gesicht im Wohnzimmerfenster.

»Was hast ... du denn da ... aufgeführt? Hat sich eine ... Leiche in deinem Kofferraum ... versteckt?«

»Nein, ich hatte nur einen Wadenkrampf. Auf deiner steinharten Matratze schläft man ja wie auf einer Grabplatte«, lügt Benjamin und schämt sich im nächsten Moment für die Grabplatte.

Als Stephan noch Benjamins Mitbewohner war, hasste er ihn. Das wusste er da aber noch nicht. Er dachte, Stephan würde ihn ein bisschen nerven, wie einem jeder, den man gut kennt, auch ein wenig auf den Geist geht, dachte er damals. Ein paar Angewohnheiten und nur ein bisschen. Unwichtig. Kleinigkeiten. Ganz normal, dachte er. Aber das war Quatsch. Hätte Benjamin darüber nachgedacht, er hätte schon damals ganz genau gewusst, was er an Stephan hasste. Er hätte eine Liste machen können:

– Er hasste, dass Stephan ständig irgendwas zu erledigen hatte.

– Er hasste diese bestimmte Art von unverkrampfter Ernsthaftigkeit, die sein Mitbewohner bei allem, was er anfing, an den Tag legte.

– Er hasste, dass Stephan neben seinem Jurastudium in einer Anwaltskanzlei jobbte, eine stupide Arbeit, bei der er sich durch riesige Archive bibelseitiger Folianten wühlen musste. Und dass er auch das auf diese unverkrampfte Art ernst nahm.

– Er hasste, dass sein Mitbewohner trotzdem mit dem Enthusiasmus geistig Behinderter von Nachbarschaftsstreitigkeiten und Klagen wegen Körperverletzung reden konnte.

– Er hasste überhaupt, wie begeistert Stephan sein konnte.

– Und wie leicht alles bei ihm aussah.

– Selbst das Ausgehen schien für Stephan eine ernste Angelegenheit zu sein. Er hielt immer am längsten durch und trank mit mildem Blick, bis kein anderer mehr konnte. Am nächsten Morgen, wenn Benjamin sich noch immer betrunken zum Klo schleppte, saß er schon wieder in der Küche und blätterte durch irgendeine überregionale Tageszeitung.

– Aber am meisten hasste Benjamin, dass alles, was Stephan machte, so vernünftig und folgerichtig erschien. Oder wenigstens fast alles.

Denn dann gab es da noch diese anderen Tage. An denen fand Benjamin seinen Mitbewohner heulend auf dem Badezimmerboden.

Dann jammerte Stephan, dass seine Adern sich auflösen würden, dass sein Blut Säure wäre. Es war immer dasselbe. Alle paar Wochen brach Stephan plötzlich zusammen. Als wäre etwas in ihm aufgebraucht. Er hatte diese fixe Idee, dass die Stresshormone in seinem Körper nicht abgebaut werden, dass sie sein Blut in eine ätzende Suppe verwandeln, die seine Adern von innen zerfrisst. Dann rollte er sich auf ihrem ekligen Badvorleger zusammen. Dann liefen dicke, trübe Tränen und Rotz über sein Gesicht. Dann ließ er seinen Hinterkopf auf die Fliesen donnern. Dann war nichts mehr von dem übrig, was Benjamin an ihm hasste. Dann stand Benjamin neben seinem Mitbewohner und sah sich das alles an. Er war das Publikum für diese Szenen, und irgendwie beruhigten sie ihn. Er war froh, dass Stephans Leben nicht umsonst war, dass es etwas kostete.

An einem dieser Abende lernten Kathrin und Stephan sich kennen. Zusammengerollt, schluchzend lag er auf dem Boden. Voller Schnodder, ein roter Babykopf zwischen zwei Armen, der Hinterkopf voller schmerzender Beulen unter dichtem, weichem Haar.

Eigentlich wollte Kathrin mit Benjamin ins Kino gehen. Sie studierte damals in einer anderen Stadt und kam ihn zum ersten Mal besuchen. Flüsternd bat er Stephan, ruhig zu sein. Er schloss die Tür zum Bad, zog sich Jacke und Schuhe an. Lächelnd öffnete Benjamin Kathrin die Tür, während Stephans erbärmliches Wimmern aus dem Bad kam. Sie trat ganz selbstverständlich ein, horchte, ging ins Badezimmer und kniete sich neben Stephan. Was hast du?, fragte sie ihn. So ist Kathrin. Hilfsbereit. Auch dann, wenn andere schon am Nachmittag die Kinokarten gekauft haben.

Sie und Benjamin waren zu der Zeit kein Paar, aber irgendwie war er sich immer sicher gewesen, dass sie einmal heiraten würden. Sie gehörte ihm, auch wenn es da noch keine richtige Absprache gab. Wenn alles gut laufen würde, hatte er gedacht, würde sie erst am nächsten Morgen wieder in den Zug nach Hause steigen.

Am Ende schlief Stephan in Kathrins Armen ein. Zwei Fremde unter einer Decke. Und Benjamin saß allein in seinem Zimmer und knetete die Kinokarten in seiner Hosentasche, bis nur noch Fussel übrig waren.

»Ich gehe mal ins Dorf«, ruft Benjamin in die Küche und schlägt die Haustür hinter sich zu.

3

Das Dorf sieht unschuldig und verdorben zugleich aus. Ein Dorf wie nach einem Weltuntergang. Ein Dorf wie auf den Leichen von Milliarden, versteckt zwischen unschuldigen, grünen Hügeln. Zwei Reihen holzverkleideter Häuschen, links und rechts die holprig geteerte Hauptstraße hinunter. Ein Bäcker, ein Grillimbiss, ein Laden für Funktionskleidung mit verstaubten Auslagen im Schaufenster, verblichene Goretex-Jacken-Werbung. Eine Apotheke, ein kleiner Supermarkt und eine Touristeninformation. Über allen anderen Hauseingängen hängen Zimmer-frei-Schilder mit handgepinselten Tannen, Hexen oder großäugigen Waldgeistern.

»Hallo?«

Ein Windspiel klirrt über der Tür. Bücherwände, Staubgeruch. Die Jalousien sind heruntergelassen. Der Raum wird nur von einem Computerbildschirm erhellt, an dem ein blondes Mädchen versucht, eine Mauer von Steinen Reihe um Reihe verschwinden zu lassen, während von oben immer neue herabfallen. Am oberen Bildschirmrand klebt ein laminierter Zettel. »Gästecomputer« ist darauf in umständlich verschnörkelten Buchstaben zu lesen. Benjamin steht unter dem Windspiel, bis man nichts mehr hört als den Lüfter des Computers und die Finger auf der Tastatur. Die Quader fallen immer schneller, die Mauer wird höher und höher.

»Hallo, Entschuldigung, ich …«

»Sekunde, sage ich doch«, stöhnt das Mädchen, obwohl es noch gar nichts gesagt hat.

»Hmpf«, macht der blonde Hinterkopf schließlich. Der Bildschirm ist bis zum oberen Rand voller bunter Quader. Es hat aufgehört, Steine zu regnen.

»Entschuldigen Sie, ist hier irgendwo ein ...«, Benjamin sucht nach dem richtigen Begriff, »Touristikexperte?«

»Ich bin das.« Benjamin ist erstaunt, als das Mädchen sich zu ihm dreht und eine alte Frau ist. »Was wollen Sie denn?«

»Ich würde gerne das Dorf umwandern. Haben Sie vielleicht eine Karte für mich?«

»Normalerweise kenne ich alle Auswärtigen, die hier außerhalb der Saison herkommen.«

»Ich bin zu Besuch.«

»Ah so. Und bei wem haben Sie sich eingemietet?«

»Ich besuche alte Freunde.«

»Ah so, verstehe. Wen denn?«

»Die Schwarzs«, sagt Benjamin und merkt, dass sich das komisch anhört, weil er das so noch nie gesagt hat, dass Stephan und Kathrin zusammen die Schwarzs sind. Kathrin und Stephan Schwarz.

»Ah. Da sind Sie ja in einem schönen, alten Haus untergekommen. Ich war früher oft da, als der Herr Brunner und seine Frau noch lebten.«

Sie steht mit einem leisen Ächzen auf und geht langsam hinter den Tresen, über dem »Touristik« steht. »Hier kümmert man sich umeinander«, murmelt sie halb zu sich selbst. »Na ja, aber seit sie verstorben sind, war ich nicht mehr da. Ist es denn noch schön?«

»Ich denke schon.«

»Ah so. Was kann ich denn für Sie tun?«

»Ich würde gern das Dorf umwandern. Können Sie mir eine Landkarte verkaufen oder mir sagen, wo ich langgehen muss?«

Zwischen den hundertjährigen Bäumen, neben dem Bachlauf und den stillen Steinen sind die letzten Tage nur ein ferner

Gedanke. Stäbe aus Licht stoßen durch das wankende Laubdach, lassen den Weg blass funkeln.

Tief atmen, die Lungen aufblasen wie Ballons. Das alles in sich aufsaugen.

Der Pfad ist schmal, es gibt keine Abzweigungen, keine Trampelpfade in den Wald, keine Alternativen. Ein Mann, ein Weg. Gut fühlt sich das an. Benjamin marschiert mit langen Schritten, merkt gar nicht, wie sich der Himmel verdunkelt. Die Sonne verschwindet hinter dem Berg wie abgestürzt. Es wird finster. Es wird kalt. Eine Kälte, die unter die dünne Nylonjacke schleicht. Benjamins Kleider ziehen die klamme Luft in ihr Gewebe, wie ein Schneeanzug sich mit Eiswasser vollsaugt und ein Kind auf den Grund eines Wintersees zieht. Die Blätter der Bäume stürzen aus ihrem Grün in ein düsteres Türkis.

Benjamin bemerkt das alles nicht. Benjamin geht einfach nur. Benjamin geht den Weg.

Dann beginnt es zu regnen.

In Sekunden brechen die dicken Tropfen durch die Baumkronen und zerplatzen auf Benjamins Gesicht. Unter seinen Ledersohlen verwandeln sich Baumwurzeln in rutschige Krampfadern. Rechts von ihm der Bach. Dahinter Dickicht, Dunkel, eine Mauer aus Tannen. Der Hang zu seiner Linken blutet Schlamm.

Der Regen wird stärker. Der Regen peitscht jetzt in die Augen.

»Warum wollen Sie um das Dorf rum?«, hatte die Frau in der Touristeninformation gefragt und an ihm heruntergeschaut.

»Einfach so.«

Benjamin rutscht aus. Mit einer Hand versucht er, sich in dem Gras am Bachrand abzustützen und versinkt bis zum

Ellenbogen im schlammigen Boden. Als er sich befreien will, hält ihn ein schmatzender Unterdruck. Bewegt sich da etwas? Da bewegt sich doch was. So sterben Menschen, denkt er. Sie machen Urlaub, einen kleinen Ausflug in die Wildnis, sie rutschen aus, fallen unglücklich, brechen sich einen wichtigen Rückenwirbel, dann wird es Nacht, dann wird es kalt, dann erfriert man am Rand eines Wanderweges mit Blick auf die Dächer des Dorfes, und am nächsten Tag fragen sich alle, wie ein solches Unglück nur geschehen konnte.

Mit einem Ruck den Arm aus der Erde zerren, als sei er gar kein Teil mehr von einem. Er ist schwarz von fauligem Schlamm. Im Dorf hinter dem dichten Regenvorhang gehen grau die Lichter an. Den Abhang runterschauen auf einen Garten hinter einem Haus. Ein Komposthaufen, ein Maschendrahtzaun, ein paar vergessene Kinderspielzeuge.

Auch mit dem Blick auf so was kann man sterben, denkt Benjamin.

Auch mit dem Blick auf so was kannst du sterben.

Wenn jetzt ein morscher Ast von einer Böe aus den Bäumen gebrochen wird und auf deinen Schädel kracht, hört keiner deine Schreie.

Wenn du jetzt nicht aufpasst, dann ...

Du kennst die Geschichte.

Jeder kennt die Geschichte von dem Schüler, der auf der Abifahrt nach Italien unter einem jahrtausendealten römischen Bogen durchgeht. Ein Stein, der sich aus dem Gemäuer löst. Ein zertrümmerter Schädel in irgendeinem Dritte-Welt-Dorf in Italien. Und die Biografie ist beendet, bevor man was Richtiges im Lebenslauf stehen hatte. Ein uralter, unschuldiger Stein und man ist tot.

Und du bist tot.

So schnell geht das.

Als wäre der Ewigkeit ein blöder Witz eingefallen.

Du denkst an Tiere aus einem Trickfilm, den du als Kind gesehen hast. Wildschweine, Füchse, Hasen, Eichhörnchen, Vögel, aufgereiht wie für ein Klassenfoto.

Du stellst dir vor, wie diese Tiere hinter den Bäumen warten. Aber nicht, um mit geschickten Pfötchen deine Wunden mit Moos und Rinde zu versorgen, sondern um die Ersten zu sein, wenn du endlich dein Bewusstsein verlierst.

Schneller gehen, die schmutzige Hand von deinem Körper weghalten, wie etwas Fremdes, wie einen Beutel Abfall.

Du bist ein Erwachsener auf einem Spaziergang.

Du bist ein Erwachsener auf einem Spaziergang.

Du bist ein Erwachsener auf einem Spaziergang.

Aber der Weg, der Scheißweg, will einfach nicht ins Dorf abzweigen, führt starr an der Siedlung vorbei, immer starr, ein steiler Abhang zwischen ihm und den Häusern.

Willst du auf deinem Hintern runter ins Dorf rutschen? Ein völlig verschlammter Tourist, das Ding aus dem Sumpf, halb Mensch, halb Vollidiot. Da weiß man schon, wie die Leute gucken. Da ist sofort klar, dass ...

Der Regen stoppt.

Der Regen lässt so plötzlich nach, wie er angefangen hat. Der Wind legt sich, der Himmel klart auf. Alles, wie um Benjamin blöd aussehen zu lassen. Jetzt ist er kein Mensch mehr in Lebensgefahr. Nur noch ein durchnässter Fremder, ein Tourist, der den Weg ins Dorf sucht. Selbst seine Schlammhand hat der Regen reingewaschen. Nur noch ein paar Spritzer, die man leicht im Bach loswerden kann. Er taucht seine Hände in den Wasserlauf und erschrickt, als er auf sie herabschaut. Das Wasser ist blutrot. Nicht schlammig, nicht rotbraun, dunkel und rot wie frisches Blut.

Jetzt beginnt Benjamin zu rennen.

Mit einem dicken weichen Handtuch rubbelt Kathrin Benjamin den Kopf trocken.

»Das ist doch nur Rost. Der wird hier immer bei starkem Regen aus der Erde gewaschen, weil da so viele Erze drin sind, du Pudel.«

Er sitzt auf dem Rand der Badewanne. Nur das Frottee zwischen seinem Kopf und ihren Händen. Ihr Bauch berührt seine Schulter, als wäre das nichts.

»Jetzt geh erst mal in die Wanne. Du bist ja völlig durchnässt. Wenn du fertig bist, wecke ich Stephan, dann können wir abendessen. Es gibt Spinat und Spiegeleier.«

Das heiße Badewasser liegt angenehm auf seinem Körper. Eine schwere, warme Decke. Benjamin drückt sein Kreuz durch, hebt sein Becken aus der Wanne. Sie ist groß, mit einer Haltestange und einer Art Minikran am Rand. Eine Konstruktion, um einen schwachen Körper hineinzuheben. Das Wasser riecht nach Chlor und Badezusatz. Benjamin hat einen Steifen. Er nimmt seinen Penis in die Faust und beginnt zu onanieren, vorsichtig, damit es keine Plätschergeräusche macht. Nur zwei Türen weiter kocht Kathrin das Abendessen, im Nebenraum schläft Stephan seinen Medikamentenschlaf. Benjamin massiert seinen Schwanz. Benjamin denkt an Kathrin.

»Ich wollte eben ... Ich wollte nur eben deine nassen Sachen in den Trockner werfen, bevor sie anfangen zu riechen.«

Kathrin steht einfach so im Badezimmer. Mit einem Klatschen, dass ein Schwall Wasser auf den Badezimmerboden schwappt, lässt er sein Becken abtauchen. Nur eine kurze Pause, ein Stocken im Satz, dann redet sie weiter. Nicht so, als hätte sie nichts gesehen, sondern, als wäre es völlig normal, dass ein alter Freund zu Besuch kommt, um sich in ihrer behindertengerechten Familienbadewanne einen abzuwichsen.

Stephan und Kathrin sitzen am Küchentisch. Es ist spät. Die beiden bemerken Benjamin nicht, weil er sie aus dem Flur beobachtet.

»Ich will eins«, sagt Kathrin und wiegt ihre Arme vor der Brust hin und her, als würde sie etwas halten.

»Du kannst dich nicht um uns beide kümmern«, antwortet Stephan ernst.

Auf dem Tisch liegen Eier. Kathrin nimmt eins in die Hand, die Hülle scheint ganz weich, fast gallertartig. Es ist merkwürdig klein und hat eine gelbliche Schale. Es sieht überhaupt nicht aus, als stamme es von einem Vogel, eher wie ein hundertfach vergrößertes Insektenei.

Beinahe als würde es sich zusammenziehen, gibt das Oval unter ihren Fingern nach. Sie hält es ins Licht der Küchenlampe. Etwas scheint darin zu stecken, ein kleiner, zuckender Schatten.

»Ich will eins«, sagt Kathrin plötzlich, »ich will diese Eule.« Erst jetzt fällt Benjamin auf, dass der ganze Tisch mit den merkwürdigen Eiern bedeckt ist. Wie auf Kommando beginnen sie, sich zu bewegen.

»Ja, die Eule«, wiederholt Stephan und sieht dem Eindringling im Türrahmen direkt in die Augen. »Wie steht es mit dir, Benjamin? Willst du auch eine Eule?«, fragt er. Und langsam hebt sich sein gekrümmter Körper aus dem Rollstuhl und wankt auf Benjamin zu.

»Willst du, Benjamin«, fragt er. »Willst du die Eulähhh.« Und das letzte Wort wird zu einem Möwenkreischen. »Eeeeuuuulääääähhhh. Du willst doch auch deine Eeuuuulääähhhhh.«

Dum, machen Stephans Schritte auf den Küchenfliesen, wie ein Holzhammer auf Teppichboden.

Dum.

Dann wacht Benjamin auf. Die Laken sind schweißnass. Er muss auf die Toilette.

Dum, macht es. Dann ein Schleifen über den Teppich, ein Scharren und wieder dieses Geräusch auf der Treppe. Jetzt ist Benjamin hellwach.

Dum.

Er sollte einfach aufstehen und nachschauen, was es ist.

Dum.

Es spricht ja nichts dagegen. Einbrecher können es nicht sein. Die würden wohl kaum zwei Nächte hintereinander kommen, ohne etwas mitzunehmen.

Dum.

Vielleicht machen Stephan und Kathrin einen Witz. Vielleicht wollen sie schauen, ob er ein Feigling ist.

Dum.

Sei kein Baby.

Dum.

Alles Mögliche könnte so ein Geräusch verursachen. Eine Vase, die vom Tisch auf den Teppich fällt, ein Besen, der beim Fegen gegen die Wand stößt.

Dum.

Sei kein Baby.

Dum.

Vermutlich sind es einfach die Geräusche des Hauses. Nichts Ungewöhnliches bei so alten Bauten, dass das Gebälk beim Wechsel zwischen Tag und Nacht, zwischen Wärme und Kälte, arbeitet.

Dum.

Das Gebälk arbeitet. Das ist sehr gut. Eine sehr professionelle Formulierung. Eine gute, erwachsene Begründung.

Dum.

Sei kein Baby.

Dum.

Benjamin legt sich ganz flach in das Bett. Presst seinen Körper so dicht auf die harte Matratze, dass er kaum mehr einen Umriss unter der Decke hinterlässt.

Dum.

…

Dum.

…

Dum.

…

4

Benjamin steht im Türrahmen.

Kathrin wirft ihren Kopf nach hinten. Sie schlägt die Hand vor den Mund. Sie reibt sich Tränen aus den Augen. Stephans Brustkorb bewegt sich ruckartig. Seine Schultern zucken. In kleinen Stößen presst er Luft aus seinen Lungen. Die beiden lachen. Dann sehen sie Benjamin.

»Oh, guten Morgen. Bist du auch endlich wach?« Kathrin wischt sich die Augen mit einem Papiertuch von der Küchenrolle.

»Guten Morgen.«

»Deine Wäsche ist schon fertig. Ich hab sie gestern Abend noch in den Trockner geworfen. Ich hab sogar dein T-Shirt gebügelt. Na? Wer ist die treue Hausfrau?«

»Danke dir. Tut mir leid, dass ich so viele Umstände mache.«

»Ach, schon vergessen. Setz dich und iss mit uns. Hast du Pläne für heute?«

»Wieder eine kleine ... Expedition in die Wildnis?« Stephan sieht ihn aus den Augenwinkeln an.

»Sei nicht gemein, Stephan.«

»Nein, lieber nicht. Ich wollte nur ein paar Sachen im Dorf besorgen.«

»Lass uns doch danach ... ein bisschen ... zusammen fernsehen. Kathrin ... muss in die Stadt ... fahren. Wir Männer ... glotzen gemeinsam Zeichentrick ... serien.«

»Wissen Sie, ich möchte einfach nur vorbereitet sein.«

»Worauf denn?«

»Sie wissen schon. Auf alles, was in diesen Bergen so, na ja, lauert. Regen, Sturm, Hochmoore, plötzliche Temperaturstürze, Steinschlag. Gibt es so etwas wie Notsender zum Mitnehmen, mit denen man im Falle eines Falles Hilfe rufen könnte?«

»Haben Sie ein Handy?«

»Ja, warum?«

Der alte Mann steht in der Mitte seines Sportgeschäfts und sieht Benjamin aus müden Augen an. Er trägt eine Trachtenhose, die den Blick auf zwei muskulöse Waden freigibt, unter deren Haut sich bei jeder Bewegung blaugrüne Adern winden.

»Warten Sie hier. Ich glaube, wir haben noch ein paar Wintersachen aus dem letzten Jahr.« Er geht hinter den Tresen, verschwindet hinter einem dicken Vorhang. Kartons rumpeln. »Es gibt kein böses Wetter, nur die falsche Kleidung«, hatte Benjamin auf dem Weg ins Dorf immer wieder zum Rhythmus seiner Schritte wiederholt.

Nach einer halben Stunde liegen eine etwas zu große, viel zu gelbe Daunenjacke, eine atmungsaktive Regenhose in Tarnfarben, ein Rucksack und Wanderstiefel mit Goretex-Futter auf der Theke. Der Verkäufer atmet schwer und schielt genervt auf den größeren Stapel von Sachen, den er wieder hinten verstauen muss.

»Brauche ich noch etwas?«

»Sehen Sie, es kommt drauf an«, sagt der Alte, »ob Sie nur ein paar Stunden wandern oder für immer in den Wäldern verschwinden wollen.«

Benjamin legt seine EC-Karte auf den Tisch. Der Verkäufer zieht sie durch das Lesegerät. Einmal. Zweimal.

»Funktioniert nicht«, sagt er und schaut Benjamin an wie einen Trickbetrüger.

»Versuchen Sie es bitte noch einmal.«

»Hier. Sehen Sie doch. Keine Chance. Ist Ihr Millionengewinn wohl noch im Lottoladen, was?«

»Okay, dann versuchen Sie die hier.« Benjamin schiebt seine Kreditkarte über den Tresen.

Mit drei großen Tüten geht Benjamin den Kiesweg zum Haus hoch. Er will gerade die Tür öffnen, überlegt kurz und versteckt die Sachen hinter dem Beifahrersitz seines Autos.

»Hey, setz dich. Die Astro-Dinos ... verteidigen gerade ihr ... geheimes Haupt ... quartier.«

Auf dem Bildschirm rollen sich zwei Dinosaurier in Uniformen über den Boden. In ihren Krallen halten sie Laserpistolen und feuern unkontrolliert in die Instrumententafeln der Basis. Zwei Jungen kommen dazu und drücken Knöpfe an den riesigen, rauchenden Computerterminals.

Die Aufmerksamkeit, mit der Stephan dem Programm folgt, macht Benjamin traurig. Sie sitzen nebeneinander und lassen den Fernseher reden. Saurier, Werbung, Saurier. Nach den Dinos aus dem All kommt eine asiatisch aussehende Trickfilmserie über ein Mädchenfußballteam. Stephan lässt seinen

Kopf umständlich in Benjamins Richtung rollen. Benjamin bemerkt den Blick, aber irgendwas hindert ihn daran, einen interessierten Gesichtsausdruck aufzulegen. Irgendwas hindert ihn daran, jetzt einfach nett zu sein.

»Es ist nicht Citizen ... Kane. Aber es teilt ... deinen Tag in Portionen.«

»Das ist doch gut«, sagt Benjamin. Die Mädchen auf dem Bildschirm spielen gerade das wichtigste Auswärtsmatch der Saison gegen eine andere Mannschaft. »Aber ist es nicht einsam?«

Mit einer zittrigen Geste drückt Stephan auf den Knopf, der den Fernseher stumm schaltet.

»Du meinst, ... den ganzen Tag in ... einem Rollstuhl ... zu hängen, fernzusehen ... und darauf zu warten, ... dass ... Kathrin auch mal Zeit ... für dich hat ... wenn ... du nicht grad ... gefüttert oder gewaschen werden ... musst?« Es dauert endlos, bis Stephan den Satz herausgestammelt hat. Benjamin merkt, dass es ihm peinlich ist, wie Stephan spricht. Obwohl gar kein anderer da ist, vor dem er sich rechtfertigen müsste. Es ist peinlich wie eine peinliche Pause in einem Gespräch mit jemandem, den man nicht besonders gut kennt. Stephan nimmt einen konzentrierten Atemzug durch die Nase. »Du wirst ... lachen«, sagt er, »ich glaube, ... ich war ... noch nie so glücklich.«

Stephan stellt den Fernsehton wieder an. Die Mädchen spielen immer noch Fußball.

»Ja?«, fragt der Mann hinter der Grillimbisstheke eine Spur zu laut. Er hat einen bleichen, runden Kopf mit kurz geschorenem Haar. Er sieht genervt aus. Er sieht aus wie ein genervtes, fettes Kind mit deutlich zu eng beieinanderstehenden Augen. Silberne Stoppeln auf dem Kopf und im Gesicht, blassgraue Augen, blass wie von den Jahren im Imbiss ausgewaschen. Seine Hände sind wächsern und haarlos, mit Poren, die ein Leben lang Fritteusenfett getrunken haben. Auf der Tafel über ihm steht »Hamburgerbuletten aus Frischhack!« Benjamin schaut ihn an, und vor seinem inneren Auge erscheint ein dunkles Hinterzimmer, in dem blasse Fetthände mit kaltem Rindermatsch verschmelzen.

»Ich hätte gern ein Hähnchen.«

»Was?«

»Hähnchen.«

»Hähnchen«, wiederholt der Mann und macht ein konzentriertes Gesicht. »Dauert aber.«

»Kein Problem. Ich hab Zeit, bin hier zu Besuch.«

»Ach«, sagt der Dicke, und Benjamin ist sich nicht sicher, ob das Ironie war oder ob der Imbissmann noch nie in seinem Leben darüber nachgedacht hat, dass man etwas nicht ernst meinen könnte.

»Entschuldigung, könnte ich bitte auch noch ein Bier bekommen?«

»Was?« Der Alte kneift die Augen zusammen und hält Benjamin sein Ohr hin.

»Bier«, wiederholt Benjamin etwas lauter und macht mit der Hand eine Kippbewegung vor seinem Mund.

»Ach.«

»Der Adam hört schlecht«, sagt eine Stimme aus der Ecke, »da müssen Sie ein bisschen ins Horn stoßen, um den Magen vollzubekommen. Ist aber ein guter Junge.«

Ein endlos alter Mann sitzt gekrümmt in der Ecke, vor sich einen Teller mit zwei Spiegeleiern auf einer Scheibe klebrigem Schwarzbrot. Daneben stehen eine Tasse Kaffee und ein Schnapsglas mit einer klaren Flüssigkeit.

»Kommen Sie, Junge. Setzen Sie sich zu mir. Sie kommen nicht von hier.«

Benjamin quetscht sich zu dem Alten auf die Eckbank. Ihre Knie berühren sich unter dem Tisch.

»Wo wohnen Sie denn? Hier im Dorf nicht, oder?«

»Doch, ich besuche Freunde. Ihnen gehört das Haus oben direkt am Hang.«

»Ach, die Neuen.«

»Na ja, die leben jetzt auch schon ein paar Jahre hier ...«

Der Mann lächelt still, zermatscht mit seiner Gabel die beiden Eigelbe. Den Glibber verstreicht er über das ganze Brot und stopft sich eine Gabel voll in den Mund. Seine Lippen schnalzen über zurückgehendem Zahnfleisch und letzten Zähnen zusammen.

»Früher haben hier alle Häuser Bergarbeitern gehört. Männern, die oft eine Woche unter Tage in den Erzminen hundert Meter unter der Erde geschuftet haben. Die sind nur am Sonntag ans Licht gekommen. Für den Kirchgang. Und natürlich, um ihre Frauen zu sehen, wenn Sie verstehen, was ich meine. Haha.« Ein trockenes Husten. »Dann haben sie sich an den Tisch gesetzt mit den Kindern, der Frau, den Müttern – drei Generationen an einem Tisch, das gibt's heute gar nicht mehr, nur die Väter waren natürlich nicht mehr da, die waren längst an ihren Staublungen krepiert – und einen Teller Suppe mit Fleischeinlage gegessen, mit den Kindern, die sie kaum kannten. Und natürlich, um den Buben die eine oder andere Tracht Prügel zu versetzen, wenn sie nicht spurten. Ich war einer von diesen Buben. Hat mir nicht geschadet, was? Männer sind nicht für das Leben zu Haus gemacht, weißt du, Junge. Ein Mann muss aus dem Haus sein. Ich habe noch Bergmann gelernt und mein Leben als Bergmann gearbeitet. Angefangen mit 15, aufgehört mit 63, als die letzte Hütte in der Gegend dichtmachen musste. Und unsere nutzlosen Söhne ... unsere Eltern und Großeltern haben diese Häuser hier mit ihren eigenen Händen gebaut. Und die Jungs wissen nichts, als aus den Heimen ihrer Urväter Pensionen und Saufkneipen zu machen. Alles für die Touristen, die hier vier Monate im Jahr über unser schönes Dorf kommen, um in ihren albernen Aufzügen durch unsere Wälder zu stiefeln oder die lächerlichen Skihänge runterzuwedeln, die wir hier haben. Wir brauchten keine bunten Jacken zum Wandern, oder?«, ruft er zu Adam hinüber, der ein Hähnchen im Grill rotieren lässt. »Und danach wird sich besoffen und vor mein Haus gespien. Immer mein Haus, denk ich manchmal, obwohl hier alle Häuser gleich aussehen. Sind ja alle mit dem gleichen elenden Buchenholz verkleidet. Nicht das beste Holz dafür. Wahrlich nicht. Zu weich, weil diese Bäume zu ungeduldig wachsen. Aber wir haben ja nichts anderes mehr. Ja, das Übel hier im Harz hat schon viel früher angefangen. Viel früher. Vor dem Bergbau haben sie die Wälder geschlagen. Schon seit dem Mittelalter. Später wurde die ganze Katastrophe mit Buchen aufgeforstet. Zu flache Wurzeln, zu anfällig für Borkenkäfer, wachsen zu schnell, schlechte Bäume. Ich bin übrigens Josef, wie heißt du, Junge?«

Adam bringt ein halbes Hähnchen. Josef fingert einen Zigarillo hervor und zündet ihn an.

»Benjamin.«

»Ah, ein christlicher Name. Und ein feiner noch dazu. Wusstest du, dass Benjamin in der Bibel der kleine Bruder von Josef ist?«

»Nein.«

»Sei so lieb und gib deinem großen Bruder ein Bier aus«, sagt Josef und grinst wie ein Schlaganfallpatient.

»Was für eine Sorte Urlaub ... soll das eigentlich ... werden?«, fragt Stephan beim Abendbrot. »Also, ich meine, willst ... du dich hier nur ... ein paar Tage erholen ... oder ... noch was anderes?«

Stephan schielt zu Benjamin hoch, Kathrin schiebt Stephan eine Gabel Hähnchen und Erbsenpüree in den Mund.

»Nein, eigentlich ...«

Kathrin wischt Püree von Stephans Lippen.

»Du brauchst uns nichts zu erklären, wenn es dir unangenehm ist«, sagt sie.

»Aber neugierig sind wir ... schon.« Stephan grinst schief. »Vielleicht hast du ... ja was ausgefressen, die ... blutjunge Tochter vom Chef ge ... schwängert.«

»Es ist alles ein bisschen kompliziert.« Benjamin schaut auf seinen Teller.

Nachdem es passiert war, war Benjamin einfach aus dem Gebäude mit den Labors gegangen, dann raus auf die Straße. Er betrat das nächstbeste Bekleidungsgeschäft. Er hatte das Gefühl, dass etwas mit seinem T-Shirt nicht stimmte. Er griff sich wahllos ein paar Hemden aus den Regalen und ging in die Umkleidekabine. Er zog dem Mann im Spiegel das T-Shirt aus und ein Hemd an.

Dann noch eins.

Dann noch eins.

Die Kabine roch nach Schweiß, als hätte dort jemand schwere körperliche Arbeit verrichtet. Dann noch eins. Aber es wurde nicht besser. Als Nächstes ging er zu seinem Fitnessstudio und kündigte seine Mitgliedschaft. Das Mädchen an der Rezeption sprach ihn mit seinem Vornamen an, fragte aber nicht, warum er nicht mehr kommen wolle. Sie zog einfach eine Schublade auf und legte seine goldfarbene Plastikkarte hinein.

Er nahm die S-Bahn nach Hause und wunderte sich, wie fremd seine Wohnung an einem Montagvormittag aussah.

Dann stopfte er ein paar Sachen in seine schwarze Sporttasche und machte sich auf den Weg.

»Du musst uns nichts erklären. Stephan und ich haben uns unterhalten. Und wir freuen uns, dass du hier bist. Oder, Stephan?«

»Ja«, sagt Stephan. Und träger, als er sowieso spricht: »Bleib ... so lange, ... wie du ... willst.«

In der Nacht stiehlt Benjamin sich aus dem Haus. Erst als er eine halbe Stunde gefahren ist, lenkt er den Wagen in einen Forstweg. Er trägt die Sachen, die er am Morgen in dem Wanderladen gekauft hat. Die Jacke schickt ein stumpfes, einsames Gelb in die Dunkelheit. Erst jetzt merkt er, dass er weder Schaufel noch Taschenlampe dabei hat. Im Scheinwerferlicht des Wagens beginnt er auf Knien ein Loch in den Waldboden zu scharren. Mit bloßen Händen greift er Faust um Faust feuchter Erde. Es ist erstaunlich, wie leicht der Boden nachgibt. Ein dünnes Netz von Wurzeln macht ein leises Rupfgeräusch beim Graben. Wie eine Bürste, die durch Frauenhaar streicht. Als das Loch tief genug ist, geht er zum Auto. Im schummrigen Licht der Kofferraumbeleuchtung sieht die Gestalt aus wie ein Säugling oder eine große russische Matrjoschka. Er nimmt die Eule mit beiden Händen, trägt sie zum Loch und legt sie hinein. Das Gefieder glänzt matt im Licht der Scheinwerfer. Er ist erstaunt, wie weich die Federn sind. Mit dem Zeigefinger streicht er über die Brust der Eule, über den Flaum zwischen den Augen. Er schiebt eine Hand unter den Flügel. Und auf einmal sieht der Waldboden sehr schwarz aus. Auf einmal kann er diese Erde nicht mehr auf dieses Gefieder werfen. Er kann die Eule hier nicht einfach verbuddeln. Vorsichtig hebt er sie aus dem Loch, dreht sie um und zupft die schwarzen Erdkrumen aus den Federn, durchkämmt das

Gefieder mit den Fingerspitzen, bis es wieder ganz sauber ist. Dann legt er das Tier zurück in seinen Kofferraum.

5

Kathrin hat die Teller beiseitegeschoben und Dutzende Bücher auf dem Küchentisch ausgebreitet. Bildbände über die Flora und Fauna des Harzes, vergilbte Sachlektüre über den Bergbau, Sammlungen mit Märchen und Sagen aus dem Gebirge, Reiseführer.

»Wow«, sagt Benjamin, mehr um etwas zu sagen, »wo kommen denn die alle her?«

»Die stehen eigentlich in meinem Schlafzimmer. Ich habe sie alle in einem Karton im Keller gefunden, als wir hier eingezogen sind. Irgendwie bescheuert, aber es vergeht kein Abend, an dem ich nicht in einem dieser Bücher lese.«

Benjamin nimmt eine Sagensammlung in die Hand und lässt die Seiten unter seinem Daumen surren.

»Gibt bestimmt viel zu sehen hier in der Gegend.«

»Ja. Allein die ganzen aufgegebenen Erzgruben. Kilometerweise verlassene Stollen und Höhlen unter den Bergen.«

»Aber nach ein oder zwei von diesen Touristenausflügen kann man garantiert keine Stollen mehr sehen.«

Sie wischt über einen Buchdeckel, um einen Fussel zu entfernen.

»Ich habe noch keinen einzigen gesehen«, sagt sie.

Sie rollt den Fussel zwischen den Fingern zu einem Ball, merkt, was sie tut, und lässt ihn in der Tasche ihrer Jeans verschwinden.

»Klar«, sagt er, »du kannst Stephan nicht allein lassen.«

»Doch«, sagt sie schnell, »mit seinen Medikamenten kann er schon ein paar Stunden im Bett aushalten. Und wenn es ein Problem gibt, wenn er Hilfe braucht, hat er einen Alarmknopf. Einfach drücken, dann wird automatisch ein ärztlicher Notdienst gerufen und ich bekomme eine Nachricht auf mein Handy.«

»Ist das schon oft passiert?«

»Ein paar Mal.«

»Hast du da nicht ständig Angst?«

»Die ersten Male schon, aber man gewöhnt sich dran.« Kathrins Blick verliert sich irgendwo in Benjamins Gesicht. »Ich glaube, das ist das große Talent der Menschen«, sagt sie und beginnt, die Bücher zu Türmen aufzustapeln.

»Wenn das wirklich geht. Würde mich freuen, wenn wir mal zusammen irgendwohin fahren.«

»Manche der Bergwerke sind fast tausend Jahre alt.« Sie geht zum Kühlschrank und holt eine Paprika hervor. »Hast du Lust auf Einweckkirschen zum Frühstück?«

»Klar, warum nicht.«

»Aber du müsstest dafür ein Glas aus dem Keller holen.« Ihre Stimme klingt ein wenig, als hätte sie den Satz eingeübt, eine Spur so, als würde es sich um etwas handeln, das von großer Bedeutung ist, aber auch gefährlich werden könnte.

»Kein Problem.«

»Aber Vorsicht, der Lichtschalter ist am unteren Absatz, die Stufen sind steiler und schmaler als bei normalen Kellertreppen, und die Decke ist ziemlich niedrig.«

Die Holzstufen knarren unter Benjamins Füßen. Weil die Decke noch schräger abfällt als die Treppe, muss er den Kopf mit jedem Schritt ein wenig mehr einziehen. Der Keller ist stockdunkel. Behutsam tastet Benjamin sich vor, streicht mit der Hand über die kühle Wand, bis er den Schalter gefunden hat. Die Decke ist wirklich sehr niedrig. Er duckt sich, nimmt die letzte Stufe mit krummem Rücken und eingezogenem Kopf.

Der Boden ist nicht betoniert, nur festgestampfte Erde. Spinnenweben hängen von der groben Mörteldecke und spannen sich in Bögen vom Kabel der nackten Glühbirne, die schwach leuchtend an der Decke hängt. Es ist feucht und stickig. Eine Luft, die auf den Grund der Lungen sinkt wie Abendnebel.

Dafür, dass der Raum so vernachlässigt wirkt, ist alles erstaunlich gut organisiert. An der einen Seite stehen Metallregale mit Gläsern. Eingekochtes. Früchte und Gemüse, ordentlich aufgereiht. Auf der anderen stapelt sich eine Wand von Kartons, jeder einzelne von Kathrin und Stephan beschriftet. »Jura«, »Malerei« oder »Werkzeuge« steht gut lesbar darauf. Oder »Fotoausrüstung« und »Tauchen«. Benjamin hat plötzlich eine Gänsehaut. Er fühlt sich wie ein Räuber in einem ägyptischen Grabmal. Er wusste nicht mal, dass einer der beiden tauchen kann.

Da sind auch ein paar Leinwände. Sie stehen mit den Rücken zum Raum. Es sind Kathrins verquollene Landschaften. Wälder und Parks, die sie in langen Ausflügen um die Stadt herum fotografiert und danach von den Bildern abgemalt hat. Er weiß das, weil er immer dabei war. Sie stiegen in die S- oder U-Bahn und fuhren, bis die Umgebung grün wurde. Damals war sie schon längst mit Stephan zusammen, hatte für ihn die Uni gewechselt, und trotzdem fuhr sie immer mit Benjamin auf diese Entdeckungstouren. Er hat sie nie gefragt, warum. Aus Angst vor ihrer Antwort.

Die meisten Motive im Keller kennt er noch. Von den Ausflügen. Kathrin hat nie viele Fotos gemacht. Manchmal sind sie einen ganzen Nachmittag herumgelaufen, bis sie plötzlich stehen blieb, umständlich ihre Kamera aus der gepolsterten Hülle zog, sie vor ihr Auge hob, scharf stellte und abdrückte. Benjamin sah keinen Unterschied zwischen diesem Stück Wiese, dieser Ecke Wald, diesem Fetzen Bachlauf und jeder anderen Stelle, an der sie vorbeikamen. Aber später auf den Bildern auf den Ausstellungen erkannte er sie immer wieder. Jetzt stehen sie alle hier, die Bilder, von denen Kathrin behauptet hat, sie schon vor Jahren weggeworfen zu haben. Nur zwei scheinen anders zu sein. Ihre Kanten sind nicht so stark ergraut wie die der anderen. Zwei helle Streifen im schummrigen Kellerlicht. Eine leise Kälte durchfährt ihn, als er die Leinwände berührt.

Er stellt sich vor, dass es Porträts sind.

Er stellt sich vor, wie Kathrin und Stephan ihn aus zwei schwarzen Hintergründen heraus anschauen. So, wie er sie von früher kennt. In dicken Schichten Öl und viel detailgetreuer wiedergegeben als alle Landschaften. Fast lebendig.

Als hätte Kathrin in langen, einsamen Nächten an ihnen gearbeitet.

Wie eine Besessene.

An zwei Gesichtern.

Mit Augen, die vor Vorfreude auf das Leben glänzen.

Mit einem Ruck zieht er die beiden Leinwände zwischen den anderen hervor. Es sind nur zwei weitere, alte Landschaftsbilder. Einfach nur Material, das anders gealtert ist. Fast enttäuscht schiebt er sie zurück. Dabei stößt er gegen einen der unteren Kartons. Die feuchte Pappe reißt sofort. Der Inhalt quillt auf den sandigen Kellerboden.

Es ist nur Feuchtigkeit.

Benjamin weiß das, und trotzdem ist da dieser Gedanke.

Es ist nur kindischer Kellerhorror.

Dass das, was ihm da aus dem Karton entgegengekommen ist, für ihn bestimmt ist. Dass die Bilder ihn in die Ecke gelockt haben, um ihm das hier zu zeigen.

Auf dem Boden liegen Strampler, winzige T-Shirts mit Tiergesichtern darauf, ein paar Bilderbücher in dicken Pappeinbänden. Babysachen. Aber viel zu neu, um aus Stephans oder Kathrins Kindheit zu sein. Benjamin geht in die Knie, um die Sachen zurück in den Riss zu stopfen. Die Beschriftung ist kleiner und krakeliger als auf den anderen Kartons.

Mit einem Filzer wurde ein Name auf die braune Pappe geschrieben: »Benjamin«.

»Benjamin«, ruft Kathrin, »ist alles okay? Ich habe Lärm gehört.«

»Ja, alles klar«, ruft er schnell, steht auf und stößt mit dem Kopf hart an die Decke. Erst als er schon halb oben ist, denkt er an die Kirschen und greift ein Glas aus dem Regal.

Benjamin ist schwindelig, in den Ohren hört er sein Blut rauschen, es pocht an die Innenseite seines Schädels, als würde es nach einem Weg aus seinem Kopf suchen. Bevor er in die Küche geht, holt er tief Luft.

»Hier.«

»Ihhh«, das Geräusch aus Kathrins Mund dauert genauso lange, wie das Kirschglas braucht, um auf dem Boden zu zerspringen. Dann ist es still in der Küche. Die Kirschen liegen zwischen Glassplittern. Rote Kugeln unter einer Schicht von Schleim. Eine grünbraune, zähflüssige Soße aus Schimmel, die sich langsam unter Kathrin und Benjamin ausbreitet.

»Ich ... es tut mir leid. Ich habe gar nicht darauf geachtet.«

Benjamin und Kathrin stehen gemeinsam in der Pfütze aus Scherben und schimmliger Kirschsoße. Im Augenwinkel sieht Benjamin, dass die Bücher vom Tisch verschwunden sind.

»Es ist nicht deine Schuld«, sagt sie.

»Ich kann runtergehen und ein neues holen. Ich …«

»Nein. Lass. Dann ist vermutlich alles hin. Ich war lange nicht mehr da unten.«

Erst jetzt bemerkt Benjamin den Geruch der verdorbenen Früchte. Ein Würgereiz wandert seinen Hals hinauf.

»Entschuldige. Ich … muss hier raus, sonst …«

»Schon okay«, sagt sie.

Als Benjamin rausstolpert, sieht er Tränen in Kathrins Augen. Er rennt zur Haustür, jeder Schritt ein schimmliger Fußabdruck.

»Hey da, alles … klar bei euch? Wie … soll man bei diesem Lärm … seinen … Medikamentenrausch … ausschlafen«, hört er Stephan. Dann knallt Benjamin die Haustür hinter sich zu.

»Ich finde das … bescheuert.«

»Ich finde das gar nicht bescheuert. Es ist doch ein Klassiker.«

»Aber es ist ein … verdammter Schwarzweiß … film. Ich bin zu jung für … Schwarzweißfilme. Das Leben ist zu kurz … für Schwarzweißfilme.«

»Aber wenn er schon mal im Fernsehen läuft.«

»Kann ich nicht …«

»Ich finde, man sollte den gesehen haben.«

»Man muss gar nichts … gesehen haben. Wir könnten doch …«

»Nein. Und jetzt sei still, sonst verpassen wir den Anfang.«

Kathrin legt einen Finger auf die Lippen und schaltet die Stehlampe neben dem Sofa aus. Nur noch das bleiche Alte-Filme-Licht des Fernsehers erhellt den Raum. Benjamin denkt an die vielen Filme, die er nicht kennt. Oder die ganzen Bücher. Viel zu viel für ein Leben.

»Langweilig«, ruft Stephan an der Stelle, wo die Zeitungstitelseiten ins Bild flattern und Charles Foster Kanes Tod verkünden.

»Pst«, zischt Kathrin und rückt behutsam ein Stück näher an Benjamin heran.

Sie riecht nach Kirschen.

6

Der Wagen rollt ruhig und gleichmäßig über die Straße. Ein ermüdendes Geräusch, die singenden Reifen auf dem Asphalt. Die schwarzen Armaturen und Sitzbezüge riechen in der Sonne nach Plastik. Kathrin hat noch kein Wort gesagt. Durch eine Luke im Dach kann man vergilbt und verdunkelt ein Rechteck Himmel sehen.

»Ich hätte nicht gedacht, dass wir uns noch einmal sehen«, sagt Kathrin.

»Es tut mir leid.«

»Hör auf, dich ständig zu entschuldigen. Das musst du nicht. Ich dachte nur, du hättest dich entschieden, das hier nicht anzusehen, und jetzt bist du doch gekommen. Ich meine, die ganzen Briefe und Postkarten und keine Antwort. Ich dachte, du hättest beschlossen, das einfach nicht mitzumachen. Ich hätte das verstanden.«

Kathrin lenkt den Wagen durch enge Kurven. Straßen hinauf, Straßen hinunter. Sie fährt zügig, aber nicht schnell, nicht so, als würde sie die Strecke im Schlaf kennen. Nicht so, als würde sie schon seit Jahren hier leben.

»Wie ist es denn so zu Hause? Hat sich viel verändert, seit wir weg sind?«

»Eigentlich nichts so richtig.«

»Triffst du noch Leute von früher?«

»Eigentlich nicht so richtig.«

»Aber irgendwas muss doch passiert sein? Mit wem triffst du dich? Was hast du zuletzt im Kino gesehen? Gibt es neue Bars?«

»Die, die damals gegenüber der alten Wohnung von Stephan und mir war, hat jetzt einen neuen Besitzer.«

»Welche war das noch mal?«

»Die mit der ganz alten Wirtin. Wo wir manchmal zusammen hingegangen sind.«

»An die kann ich mich gar nicht mehr erinnern.«

Die Bäume spiegeln sich in Kathrins Sonnenbrille. Der ganze Wald wischt über die Gläser in ihrem Gesicht.

»Mir wurde gekündigt«, sagt Benjamin und zieht die Schultern hoch.

»Wie?«

»Ich bin jetzt arbeitslos.«

»Was? Seit wann denn?«

»Seit dem Morgen, als ich hierhergekommen bin.«

»Was ist denn passiert?«

Die Wände, Tische, Schränke waren so weiß, dass man die elektronischen Rollos herunterlassen musste, wenn der Himmel nicht bedeckt war. Es war ein ungebrochenes Weiß, kein Lichtgrau wie in manchen anderen Labors oder im Physikraum in der Schule. Kein Schmuddelweiß. Ganz und gar weiß. Der Leiter des Labors hatte ihn zu sich gerufen. Er hatte ihm gesagt, ihm sei aufgefallen, dass andere Leute ihren Beruf mit mehr Elan ausüben würden, und nach dem, was nun passiert sei. Nach dem, was nun herausgekommen sei. Auf seinem weißen Schreibtisch stand ein Briefbeschwerer, eine Doppelhelix aus Blei. Er sagte, dass es ihm leidtäte. Dass es nicht so sei, dass er nicht für seine Angestellten einstünde. Dass er sich hinter einen anderen Angestellten gewiss gestellt hätte. Dass es bei ihm aber verständlicherweise schwerfallen würde. Dass es längerfristig wohl für beide Seiten besser wäre, wenn sie getrennte Wege gingen.

Der Raum, in dem Benjamin arbeitete, hatte keine Fenster. Um hineinzukommen, musste er durch eine Schleuse gehen, dann durch zwei andere Räume ohne Fenster. Hier stellte er aus Speichel, Blut, Haaren oder ihren Wurzeln, Hautschüppchen, Finger- und Fußnägeln oder Sperma Lösungen in Kolben her. Mit einer Pipette füllte er diese in Hunderte Reagenzgläser, die dann in einen weiteren Raum ohne Fenster weitergereicht wurden.

Er könne ihn aus arbeitsrechtlichen Gründen natürlich nicht sofort freistellen, erklärte der Leiter des Labors, aber Benjamin solle sich schon einmal darauf vorbereiten, dass er in drei Monaten wieder auf dem freien Arbeitsmarkt wäre.

Jeden Tag trug Benjamin einen weißen Spezialanzug mit Kapuze, in dem er schwitzte, er trug eine Schutzbrille und einen Mundschutz. Alle trugen das. Manchmal verwechselte er sie, öfter verwechselten sie ihn. Er war irgendwer.

Er könne natürlich nichts beschönigen, sagte der Leiter des Labors, das wäre ja nicht der Sinn eines Arbeitszeugnisses, das wäre ja auch nicht fair. Nicht gegenüber den anderen Angestellten, den Arbeitssuchenden da draußen, den Arbeitgebern auf dem Markt. Er müsse schon verstehen, dass die Arbeitgeber an einem Strang ziehen müssten. Damit das System nicht kollabiere.

Mittags gingen alle Labormitarbeiter durch die Schleuse und legten ihre weiße Kleidung ab. Wenn sie gemeinsam zum Mittagessen gingen, sahen sie aus wie für eine Low-Budget-TV-Serie auf außerirdisch geschminkt. Die Schutzbrillen hatten in allen Gesichtern eine geschwungene rote Linie um die Augen hinterlassen.

Aber sie, sie beide, er, der Leiter des Labors und Benjamin, würden gemeinsam, innerhalb des Möglichen, versteht sich, bestimmt einen Weg finden, dass Benjamin nicht mit nichts dastünde, wenn es an der Zeit wäre, zu gehen. Sie seien ja auch nicht irgendein Unternehmen, und Biologisch-Technische Assistenten würden ja immer gesucht. Jemand, der hier nicht ausreichen würde, könnte ja vielleicht trotzdem in einem kleineren Betrieb eine schöne Karriere machen.

Benjamin hatte schon lange den Überblick verloren. Er wusste nicht, woher die Nägel, die Haare, das Blut kamen. Er wusste nicht, was mit der Lösung geschah, die er daraus herstellte. Er verbrachte den Tag in seinem Anzug in seinem Raum, nahm Proben an und gab Reagenzgläser weiter.

»Sie haben die Proben absichtlich verunreinigt«, sagte der Leiter des Labors und versuchte ein unverbindliches Lächeln. »Wie Sie das angestellt haben, wissen wir nicht. Wir wissen nur, dass Sie nicht der Vater von 2164 Kindern sein können.«

»Immer erst umgreifen, dann umsteigen. Das ist das Wichtigste: Umgreifen, umsteigen. Und vor allem: Schön ruhig bleiben. Den letzten Toten gab es hier vor fast hundert Jahren. Wir wollen nicht, dass sich das heute ändert, oder?« Der Führer mit dem authentisch-schmuddeligen Bergmannsoutfit lächelt unter seinem orangefarbenen Plastikhelm.

Sie steigen hinab.

Greifen um.

Den rechten Fuß auf den linken Tritt.

Umgreifen.

Den linken Fuß auf den nächsten Tritt, den rechten.

Ein unbeholfener Schieber mit der fremden Maschine.

Schweiß bildet sich unter den Achseln.

Gänsehaut auf den Armen.

Nach links, nach rechts.

Nach links, nach rechts.

Wie beim letzten Tanz auf einem Abschlussball.

Wie Kathrin und Benjamin auf dem Abschlussball.

Und dabei immer nach unten.

Die Maschine, die sogenannte Fahrkunst, bringt die beiden in den Bauch des Berges. Ein großes Rad bewegt zwei gegenläufige Stahlseile auf und ab. Im Abstand von ein paar Metern sind rutschige Holztritte an ihnen befestigt. Wenn sich die Tritte treffen, steigen sie um. 150 Meter tief in den Berg. Schwitzende Wände, die näher kommen, je weiter es hinabgeht. Aufdringliche, schwitzende Wände. Abschlussballwände.

Zwanzig Minuten dauert der Abstieg.

Zwanzig Minuten ohne Gedanken.

Umgreifen, umsteigen.

Von links nach rechts.

Von rechts nach links.

Zwanzig Minuten lang.

Oder ein paar Sekunden, wenn man loslässt.

Benjamin stellt sich weitverzweigte Gänge vor, verwunschene Stollen mit glitzernden Einschlüssen im Fels und staubigen Schlafstätten. Kathrin hatte ihm erzählt, dass dies einmal die tiefste Erzgrube der Welt war. Eine Silbergrube mit einem weiten Netz von Stollen, kilometerweise enge, dunkle Tunnel, in denen die Bergarbeiter manchmal Wochen schufteten und Tonnen von Gestein bewegten, bevor sie wieder ans Tageslicht kamen.

Nicht nervös werden.

Nicht unkonzentriert werden.

Nicht nachdenken.

Umgreifen, umsteigen.

Den rechten Fuß auf den linken Tritt.

Umgreifen, umsteigen.

Den linken Fuß auf den rechten Tritt.

Dann ist die Gruppe unten. Zehn Besucher und der Führer, ein alter Mann mit Händen, deren Innenseiten die graue Farbe der Felsen angenommen haben.

»Da wären wir«, sagt er und weist mit seinen Händen auf die Wände, »jetzt sind Sie ganz unten angekommen.«

Ganz unten, das ist eine rostige Wendeltreppe, die noch einmal drei oder vier Meter hinunterführt, noch feuchtere Steinwände, eine Stahltür mit einem Schild. »Lebensgefahr. Betreten verboten« steht darauf. Dahinter summt eine Maschine.

»Eine Turbine«, erklärt der Führer, »die versorgt unsere kleine Gemeinde mit Wasserkraft aus dem See, astreiner Ökostrom. Nicht immer ganz zuverlässig, aber wer ist das schon.«

Das war's.

Ein Loch, eine Treppe, eine Tür.

Ein sehr tiefes Loch, zugegebenermaßen.

Der Führer steht in dem enttäuschenden Nichts unter der Erde und redet.

Kathrin hört gar nicht zu.

Benjamin sieht das.

Er sieht Kathrin an.

Er kennt diesen Blick von früher.

Aus dem Kindergarten.

Aus der Schule.

Sie lässt ihr Kinn auf die Brust sinken, als sei ihr Kopf mit einem Mal zu schwer geworden, und beginnt zu schluchzen. Benjamin nimmt Kathrin in den Arm und drückt sie an sich. Der Führer unterbricht. Die anderen Besucher drehen sich zu den beiden um. Zu dem merkwürdigen Pärchen.

»Ich weiß auch nicht, was ich erwartet habe«, sagt Kathrin leise.

Die Tour geht weiter. Die Gruppe wird zu der Wand auf der anderen Seite geführt, wo der Mann mit den Felshänden auf ein anderes Stück Steinwand zeigt. Immer wieder schaut er dabei zu den beiden hinüber. Er schaut, als hätte er schon öfter hysterische Abenteurer hier mit einer Winde von der freiwilligen Feuerwehr rauskurbeln lassen müssen. Er schaut, als gäbe es ein Problem.

»Machen Sie einfach weiter«, ruft Benjamin zu dem Grubenführer rüber. Benjamin spürt, wie Kathrin ihren Kopf fester an seine Schulter drückt.

Und dann legt er eine Hand auf ihren Po.

Wie ein Versehen.

Er hat nicht darüber nachgedacht.

Der Grubenführer guckt.

Der Grubenführer redet weiter.

Auf dem Heimweg
sprechen Kathrin
und Benjamin
nicht miteinander.

»›Mau‹, das macht fünf Punkte.«

»›Mauer‹, fünf, plus zwei, ... macht sieben Punkte.«

»›Mauern‹, sieben und eins. Acht Punkte.«

»›Uhr‹, vier Punkte, plus dreifacher Buchstabenwert beim R, macht sechs.«

»›Rege‹, fünf solide ... Punkte.«

»›Regen‹, sechs Punkte.«

»Nein, guck doch mal hin. Doppelter Wortwert. Du hast zwölf Punkte. Du musst genau hinschauen. Aber echt, schon wieder ein N. Wie viele von denen hast du denn noch? Du kannst nicht einfach überall ein N dranhängen. Das gehört sich nicht, Benjamin. Das ist so eine Art Scrabble-Kodex. So was tut man einfach nicht. Schau her: Ich benutze meinen Joker und lege ›Sinn‹. Das ist ein schönes Wort, da erhellen sich die Mienen der wahren Scrabble-Liebhaber, der Menschen, die das nicht nur für den schnöden Profit tun, sondern auch um der Poesie willen. ›Sinn‹ – ohne doppelten Wortwert und mit einem Joker für das zweite N – macht drei Punkte. So geht Idealismus.«

»So«, sagt Stephan, Kathrin nimmt das O von seinem Bänkchen und legt es unter ihr S auf das Spielfeld. Stephan kann seine Buchstaben nicht alleine hinlegen. Das würde ewig dauern. Deshalb muss er Kathrin bei sich reinschauen lassen.

»Ja, ich kenne seine Steine. Aber ich spiele so, als wüsste ich nicht, was er auf seinem Scrabble-Board hat«, hat sie gesagt. Benjamin hat selten so etwas Dämliches gehört.

»Sog«, sagt Benjamin und legt das G hinter Stephans Wort.

»Du scrabblest so destruktiv«, sagt Kathrin, »du musst schöner scrabblen. So macht es keinen Spaß.« Kathrin steht auf und geht.

»Aber ich hab doch nichts anderes«, ruft Benjamin ihr hinterher. Kathrin ist schon raus. Dann schlägt die Haustür zu.

»Nimm ... es ihr nicht ... übel. Manchmal hat ... sie das. Am ... besten lässt ... man sie dann einfach ... ein ... bisschen.«

Benjamin und Stephan sitzen still am Küchentisch und schauen auf das Spiel. Die Worte auf dem Brett schlagen ein paar traurige Haken.

»Ich glaube«, sagt Stephan, »es ist das Beste, ... wenn wir jetzt ... schlafen gehen.«

»Aber du kannst doch gar nicht allein ins Bett, oder? Soll ich dir irgendwas helfen?«

»Nein. Ich warte ... einfach auf Kathrin. Aber ... du solltest jetzt besser ... schlafen gehen.«

Da sind wieder Geräusche im Flur.

Geräusche auf den Dielen. Knarren, rutschen.

Benjamin zieht seine Knie an den Körper, damit die Füße nicht unter der Decke hervorgucken. Er ist jetzt wieder ein Kind, das sich vor der Dunkelheit fürchtet. Er sollte einfach aufstehen. Einfach nachsehen. Was soll schon sein?

Dann klopft es an seiner Tür.

Benjamin beißt sich auf die Lippe.

»Schläfst du schon?«, flüstert es.

»Nein«, sagt er in derselben Lautstärke. Als würde er einem Geist antworten.

Es ist Kathrin, mit zerwühlten Haaren und einem verschwitzten T-Shirt, ein großer dunkler Fleck über ihren Brüsten, zwei kleinere unter den Achseln.

»Ich habe geträumt«, sagt sie.

Benjamin erinnert sich an den Traum, in dem Stephan und Kathrin ihm begegnet sind. Für eine Sekunde muss er dem Gewicht der Decke auf seinem Körper, der Struktur des Bezugs auf seiner Haut nachspüren, um sich zu vergewissern, dass er wach ist. Dass Kathrin nichts von der Eule weiß.

Ist sie gekommen, um ihren Traum zu erzählen? Er kann sich nicht erinnern, wann er das letzte Mal jemandem einen Traum erzählt hat. Bis er hierhergekommen ist, hätte er sich vermutlich nicht einmal daran erinnern können, wann er zuletzt geträumt hat. Die Stille, die Abwesenheit von Lärm, die klare Luft, die tiefe Dunkelheit verwischen die Grenze zwischen Schlafen und Wachen. Hier im Harz träumt er.

Kathrin setzt sich auf den Sessel in der anderen Ecke des Raumes. Sie zieht ihre Beine an den Körper, ihre Zehen krallen in das Polster. Aus wachen Augen sieht sie ihn an. »Hast du schon geschlafen?«, fragt sie.

»Nein. Ich konnte nicht.«

»Seit du hier bist, ist vieles anders«, sagt sie und sieht ihn prüfend an. Ihre Zehen greifen in das Polster, als wollten sie ein Loch in den Stuhl wühlen.

»Ich habe kalte Füße«, sagt sie, »ich komme mit unter deine Bettdecke.«

»Klar.«

Drei, vier große Schritte auf Zehenspitzen zum Bett, und sie schlüpft zu Benjamin. Ihr T-Shirt klebt nass an ihrem Rücken, sie riecht süßlich nach Schweiß und Früchten. Benjamin wagt nicht zu atmen. Kurz bleibt sie so neben ihm liegen. Dann taucht sie unter die Decke ab und setzt sich ans Fußende des Bettes, ihre kalten Beine an seinen. Sie schaut ihn an, als würde sie versuchen, seine Gedanken zu lesen. Eigentlich, als wühlte sie in seinem Kopf herum, um etwas zu finden, das ihr nicht gefällt.

»Nachts höre ich manchmal Sachen im Flur«, sagt Benjamin.

»Ja, das Haus macht eine Menge Geräusche. Es ist sehr alt. Älter als du, ich und Stephan zusammen jemals sein werden.«

Pause. Starren.

»Ich fand es übrigens sehr schön, mal wieder mit dir unterwegs zu sein«, sagt Benjamin in das Dunkel hinein.

»Wenn ich mich um Stephan kümmere, fühlt es sich komisch an. Bevor du gekommen bist, war das nicht so.«

Sie sieht ihn an, wie ein Kleidungsstück, an dem man einen Fehler sucht, damit man es zurückgeben kann.

»Jetzt fühlt es sich manchmal fast wie eine Show an. Wie eine von Stephans blöden Fernsehsendungen. Die Samariterin und der Kranke. Ich liebe Stephan. Ich will, dass du das weißt.

Aber seit du da bist, fühle ich mich betrachtet. Als würde ich nur eine Rolle spielen. Selbst, wenn ich hier so mitten in der Nacht zu dir ins Zimmer komme.«

Sie sieht ihn an wie ein Stück Fisch voller tödlicher Gräten.

»Du bist sauer auf mich«, sagt Benjamin und erschrickt, weil er sich in ganz normaler Zimmerlautstärke reden hört. »Ich will keine Schwierigkeiten machen«, flüstert er. »Wenn du möchtest, dass ich gehe, kann ich gehen. Ich kann morgen früh ins Auto steigen und bin weg. Ich will euch keinen Ärger machen. Wenn du willst, kann ich jetzt ins Auto steigen.«

Sie sieht ihn an wie ein Päckchen, das zurück an den Absender gegangen ist.

»Das musst du selbst wissen.«

»Es tut mir leid.«

Als sie klein waren, hat Kathrin sich einmal von den Waldameisen blutig beißen lassen, um zwei Waschbetonplatten aus einem Ameisenhügel herauszuholen, die Benjamin hineingeworfen hatte.

7

»Ah, Sie sind immer noch da, was?«

»Ein halbes Hähnchen mit Kartoffelsalat, bitte.«

»Setzen Sie sich. Na, wie lebt es sich im Brunnerhaus?«

»Wo?«

»Na«, der Alte hustet ein wenig Schwarzbrot in eine Papierserviette mit grünem Schlingpflanzenmuster. »Im alten Haus der Brunners, wo Sie sich einquartiert haben.«

Jeweils zwei Ranken sind zu einem Strang verdreht.

»Ganz gut, danke.«

»Sie sind aber jetzt schon ganz schön lange da, was?«

Von allen Seiten schlingen sie sich in Richtung Serviettenmitte, wo die Faltknicke in einem rechten Winkel aufeinandertreffen.

»Ein paar Tage.«

In der Mitte bilden die Pflanzen gemeinsam einen dichten Kranz weißer Blüten.

»Ist der Mann nicht krank?«

»Ja, er hat ...«

»Was machen Sie denn da in dem Totenhaus? Die Leute im Dorf erzählen sich hier schon so einiges. Wollen Sie ihm die Frau abspenstig machen?«

»Was?«

»Na, dem Kerl die Braut abluchsen.«

»Nein, ich ...«

»Na, Sie haben ja recht. So ein junges Ding soll man nicht allein sitzen lassen. Aber warten Sie man noch, bis er hin ist. Das gebieten uns der liebe Herr Jesus und die heilige Mutter Maria. Fahren Sie noch mal zurück in Ihre Stadt und machen dort, was immer Sie machen. Und wenn er dann gegangen ist, können Sie immer noch einziehen. Nicht dass ich Sie nicht verstehe, ist ja ein flottes Ding. Ich seh sie manchmal hier vorbeimarschieren. Aber die Leute reden.«

»Das tut mir leid, ich möchte hier keinen verärgern. Nur ein paar Tage Urlaub machen.«

»Na dann, machen Se man, kleiner Bruder.«

»Bitte?«

»Benjamin, der kleine Bruder Benjamin.«

»Ach ja.«

»Aber vergessen Sie nicht, wir dulden hier keine Unchristlichkeiten.«

»Nein, ich hatte so was gar nicht ...«

»Jajaja, das hat keiner. Aber Sie haben junges Blut, das weiß nicht immer, was sich gehört. Als ich so alt war wie Sie, hatten wir hier auch so einen, der dachte, er könnte sich die Ehefrauen nehmen. Ein fescher Junge, starke Arme, hat gearbeitet wie ein Ochse und konnte in der Kirche jedes Lied. Eine Stimme zum Hallelujasingen hatte der, das können Sie mir glauben. Am Ende haben sie ihn mit einer Hacke im Kreuz gefunden.«

Er köpft sie alle.

Die Lichtnelken mit ihren fünf herzförmigen Blütenblättern. Die tigergesichtigen Galmeiveilchen.

Er schlägt sie ab.

Dicht ins Gras geduckt, die fransigen Blüten der Frühlingsmieren, die mongoloiden Köpfe der Grasnelken.

Alle auf der Lichtung. Jede Blüte. Jede einzelne.

Hellblau, malve, senfgelb, rosafarbene Blüten. Schwermetallflora, weil der Boden voller Erze ist. Schwermetallflur. Voller Schätze, voller Gifte.

Benjamin köpft sie mit leichter Hand, schlägt locker aus dem Gelenk. Mit dem Ast, mit seinem federnden Wanderstock.

8

Die dicht gewachsenen Baumkronen bilden ein Dach über dem Weg. Die Äste schieben sich ineinander wie nach dem Plan eines Architekten. Wie Gitter. Seit der Nacht haben Kathrin und Benjamin kaum ein Wort gewechselt. »Ah«, hat sie nur gesagt, als er am nächsten Morgen herunterkam, »du bist noch da.« Als wäre es eine Möglichkeit gewesen, dass er geht.

Auf dem Weg ist es dunkel, obwohl die Sonne scheint.

»Ja«, hat er geantwortet.

Moose wuchern feucht glänzend auf dem Boden, überziehen unbeeindruckt umgestürzte Baumstämme und knorrige Wurzeln.

Du möchtest sie über deinem Gesicht auspressen und ihr Wasser auf die Stirn tropfen lassen.

Du möchtest mit der Zunge den Tau aus ihrem feinen Flaum lecken.

Benjamin hat seine Wanderkleidung an. Die Beine der Funktionshose hochgekrempelt. Die intelligenten Fasern geben ihm ein Gefühl, als könne er vollkommen in der Natur aufgehen. Als wäre er ein wildes Tier, das durch das Gestrüpp streift, sich in die Büsche und hohen Sträucher duckt und darüber eins wird mit dem Wald.

Der Wanderweg ist breit. An seinen Rändern ist er mit zwei endlosen Reihen von Steinen befestigt, kleine Schilder mit Hexen, die auf Besen reiten, weisen den Weg, der Bach läuft zahm neben ihm entlang. Er ist heute nicht rot. Kein bisschen. Er kommt aus der Richtung, in die Benjamin geht.

Es ist ein längerer Weg. Nicht um das Dorf herum, sondern auf einen Berg hinauf. »Ein Tagesmarsch.« Die Frau von der Touristeninformation hatte kurz auf Pause gedrückt und ihm erklärt, welchen Schildern er folgen müsse, dann hat sie die Steine weiter fallen lassen. Ein Tagesmarsch. Deshalb hat Benjamin sich Käsebrote und Wasser eingepackt und sogar noch einen Energydrink im kleinen Supermarkt im Dorf gekauft – nur für den Fall, dass er sich übernimmt. Außerdem hat er einen dicken Roman aus dem Bücherregal von Kathrin und Stephan genommen. Einen von denen, die man gelesen haben sollte. Vielleicht würde er bei seiner ersten Pause nach ein oder zwei Stunden Lust bekommen, ihn anzufangen. Auf einem Baumstumpf sitzend, um einen herum plaudernde Natur. Vielleicht würde er das Buch in ein paar Tagen auslesen, ganz und gar aufgehen im Sog der Geschichte.

Der Weg geht sich wie von selbst. Mücken und Fliegen suchen Benjamins Nähe. Sie wollen seinen Schweiß und sein Blut trinken, ihn aufnehmen in den eingeschworenen Kreislauf dieser entlegenen Welt. Er möchte jeder Fliege und jeder Mücke zum Dank die kleinen Klauenbeine schütteln.

Du glaubst, du genießt diese Wanderung, und dann machst du es wirklich. So einfach ist es manchmal. Alles eine reine Kopfsache.

Benjamin und die Natur unter sich. Er nimmt tiefe Waldluftlungenzüge. Er tankt die Luft. Er freut sich dumpf. Noch stundenlang so weitergehen.

Du fühlst ja, wie dein Geist sich öffnet. Wie du Teil von etwas wirst. Hier versteckt unter dem Blätterdach, das weißt du, wird etwas mit dir geschehen.

Der Weg öffnet sich zu einer Lichtung. Tische aus groben Holzbalken, metallene Mülleimer mit blauen Plastiktüten, Hinweistafeln für Picknickgäste. Benjamin ist noch nicht bereit, eine Pause zu machen, er will mehr von diesem Gefühl, will weiter einen Fuß vor den andern setzen, als er am Wegrand davor ein Schild sieht. Es behauptet, dass er am Ziel ist, dass er den Wanderweg zum Gipfel des Berges absolviert hat. Aber hier ist nichts, was zu einem Berggipfel gehört. Nichts Erhabenes, kein Plateau, kein Überblick, keine Aussicht. Nur ein Picknickplatz mit Bäumen, nur eine Wiese, ein fransiges Leck im Baumkronendach.

Du versuchst, dich zu orientieren, suchst nach einem Oben.

Die Lichtung überqueren und zwischen Bäumen einen schmalen Pfad, der steil nach oben führt, entdecken.

Es gibt ja immer ein Oben.

Du gehst schnell, du rennst den Weg fast hoch und direkt in eine Gittertür.

Ihr oberes Ende ist mit rostigem Stacheldraht gesäumt. »Fernmeldeturm. Betreten verboten« steht auf einem weiteren Schild. Hinter dem Zaun, auf einem erhabenen, nackten Felsen steht ein grauer Stahlmast, der sich Dutzende Meter in den Himmel reckt.

Hinaufschauen.

Du verstehst nicht. Du verstehst nicht, wie man Menschen hier hinschicken kann. Wie man diese Enttäuschung als einen offiziellen Wanderweg ausschildern kann.

Du fragst dich, ob es an dir liegt oder am Weg. Ob du falsch bist. Ob andere denselben Weg gehen, diesen Weg, der weder eine Tagestour ist noch auf einem Gipfel endet. Ob sie sich einfach so damit abfinden und glücklich in ihre Pensionen zurückmarschieren.

Du fragst dich, ob andere Menschen sich überhaupt vorher vorstellen, was sie von einem Gipfel erwarten.

Benjamin fühlt sich sehr einsam. Er denkt an Kathrins kalte Beine im Bett. An ihre Tränen auf dem Grund der Mine.

Als er wieder auf dem Platz ist, sitzt eine Familie an einem der Holztische und lädt Tupperdosen aus einem Wanderrucksack. Die Mutter breitet eine schwarz und rot gemusterte Picknickdecke aus.

»Seht ihr«, sagt der Vater zu seinen zwei Jungs, »war doch gar nicht so schlimm.«

Bäume. Sträucher. Ein Bach. Ein Himmel. Sonne. Bäume. Summen. Ein Weg. Ein Weg, der gegangen werden muss. Es braucht nicht viel, um der Welt die Zusammenhänge wegzunehmen.

Ohne dass du etwas dagegen tun kannst, pressen deine Kiefermuskeln die Zahnreihen zusammen. Eine Druckwelle, die über die Zähne und den Kieferknochen die Schläfen entlang hinter die Stirn wandert und deinen Kopf schmerzen lässt. Dein Blick klebt auf dem Weg knapp vor dir. Deine Fußspitzen drängen mit jedem Schritt in dein Sichtfeld.

Schnell gehen, immer schneller und schneller. Den Weg keines Blickes mehr würdigen. Enttäuscht sein von dem Weg.

Der Weg hat dich gedemütigt. Der Weg hat dich für dumm verkauft. Er hat dich nicht verdient.

In den Wald marschieren.

Benjamins Wanderschuhe rutschen auf umgestürzten Baumstämmen ab, die ihre Rinde schon vor Jahren verloren haben. Kräftige Baumwurzeln lassen ihn stolpern. Kantige Zahnreihen aus Schiefer schürfen seine Handballen ab.

Es braucht manchmal nicht viel, um aus einem Wald deinen Gegner zu machen, eine Gestalt zum Hassen, einen Widersacher zum Niederringen.

Äste peitschen ihm die Wangen und versuchen Benjamins Augen zu erwischen, er bricht sie ab. Geröll versucht ihn zu Fall zu bringen, er kickt die Steine beiseite. Benjamin keucht, während er querfeldein den sanft abfallenden Berg runtergeht.

Runter, runter, runter.

Dann bleibt er plötzlich stehen.

Vor ihm teilt ein Weg den Wald, eine schwarze Narbe aus Matsch und tiefen Reifenspuren. Der Schlamm macht Benjamin wütend. Als wolle diese alberne Schneise ihm sagen, dass er nicht willkommen ist. Dass er nichts auf diesem Weg zu suchen hat. Ach ja? Trotzig stapft Benjamin los.

Dein Fuß versinkt, der Pfad schluckt deinen Fuß bis über den Rand des neuen Wanderstiefels und schließt sich ganz selbstverständlich um den Knöchel.

Der nächste Schritt lässt Benjamins anderen Fuß versinken. Er spürt, wie die kühle Brühe in seine Schuhe sickert, und lässt es geschehen. Wartet still ab, bis die Strümpfe sich vollgesogen haben, wie das Blut in den Füßen die Feuchtigkeit erwärmt.

Erst dann marschiert er los. Durch den Fluss aus Schlamm. Schritt für Schritt mit einem Schmatzen. Obszöne Geräusche. Seine Schuhe sehen nicht mehr aus wie Schuhe. Sie sind nur noch zwei schwarz glänzende Matschklumpen, die nichts mehr mit seinem Körper zu tun haben. Produkte einer seltenen Krankheit, die Füße zu Erde anschwellen lässt.

Du hast nichts mehr mit deinem Körper zu tun und das Gehen hat nichts mehr mit dem Weg zu tun.

Nirgendwo mehr hinwollen. Nur noch Schritte machen. Einen Schritt machen. Und dann noch einen. Das ist alles.

Schritt, Schritt, Schritt.

Gehen, gehen, gehen.

»Sie können auch einfach am Rand entlangspazieren. Die hochgewachsenen Gräser geben guten Halt in diesem Sumpf.«

Durch kreisrunde Brillengläser blickt der Mann Benjamin freundlich an.

»Ja, der Zustand der Forstwege kann einen zur Verzweiflung treiben. Aber so holen Sie sich Blasen an den Füßen. Bei dem ganzen Schlamm im Schuh kann sich das leicht entzünden und unschön werden.«

»Vertrauen Sie meiner Frau. Sie ist Ärztin.«

»Landärztin – und seit fast zehn Jahren im Ruhestand. Nach dem heutigen Stand der Wissenschaft also wohl eher eine alte Quacksalberin mit ein paar Kräutern im Schrank. Sie haben heute ja eine ganz andere Wissenschaft, als wir damals hatten.«

Benjamin steht mitten auf dem Weg, beide Füße bis zu den Knöcheln im Schlamm. Er muss aussehen wie ein Idiot, ein Idiot, der auf Baum macht. Ihm ist klar, dass er jetzt etwas sagen muss.

Oder jetzt.

Oder jetzt.

Oder jetzt.

Nur ein Satz oder ein Gruß mit normaler Stimme, damit er nicht wie ein Irrer erscheint. Damit er kein Irrer ist. Aber er weiß gar nicht, ob seine normale Stimme gerade verfügbar ist.

Die Zeit läuft. Mit jeder Sekunde, die er nichts zu dem alten Paar sagt, werden sie ihn mehr für einen Verrückten halten, so viel ist klar.

Sie tragen Goretex-Jacken im Partnerlook. Er rot, sie blau. Beide haben kleine Rucksäcke auf, Nordic-Walking-Stöcke baumeln an Schlaufen von ihren Handgelenken.

»Sind Sie von hier?«, bringt Benjamin schließlich hervor.

»Ich schon, aber meine Frau ist eine Zugezogene.«

»Ja«, sagt sie, »so nennt man das hier wohl. Ich lebe erst seit etwas mehr als fünfzig Jahren in dieser Gegend.«

»Aber damals, als sie herkam, habe ich sie mir gleich geschnappt. Gott lässt nicht oft frisches Blut in diesen Genpool laufen, wenn Sie wissen, was ich meine. Besonders nicht auf zwei so hübschen Beinen.«

»Was machen Sie denn hier?«

»Das sollten wir Sie fragen, junger Mann. Wir gehen hier einmal die Woche raus, um Pilze zu sammeln. Ansonsten kann man in dieser Ecke wirklich nicht viel unternehmen.

Auf keinen Fall gemütlich wandern, wenn Sie verstehen, was ich meine. Der Forstweg hier ist nämlich immer ein einziger Schlamassel. Das Wasser aus einem der höher gelegenen Sümpfe läuft hierhin ab. Pilze wachsen hier allerdings vorzüglich. Und da hinten sind ein paar Weiden, lassen Sie es mich so sagen: Wenn Sie sich nicht zu schade sind, einen Morgen lang in kaltem Kuhdung zu wühlen, haben Sie hier in kürzester Zeit die leckersten Pilze beisammen.«

»Schauen Sie«, sagt die Frau und zieht eine Plastikbox aus ihrem Rucksack hervor, »wohnen Sie in einem Hotel? Oder bei Bekannten? Wenn sie einen Herd zur Verfügung haben, können Sie ein paar Pilze mitnehmen?«

»Nein danke, ich wohne in einem Hotel. Da könnte ich gar nichts damit anfangen.«

»Ach so, in welchem denn?«

»Entschuldigen Sie, ich muss jetzt leider weiter.«

Das Paar tuschelt kurz. Dann zieht der Mann eine Tüte aus seiner Jackentasche hervor.

»Hier. Die hier brauchen Sie nicht zubereiten. Die können Sie einfach so nehmen, wenn Sie verstehen, was ich meine.«

»Aber nicht übertreiben. Die haben hier eine sehr starke Wirkung.«

»Was?«

»Nicht übertreiben.«

Benjamin schaut die beiden an. Der Mann lässt die Tüte in seinen Händen knistern, als wäre Benjamin ein Hund, den man anlocken muss. Benjamin stapft aus der Mitte des Weges zu den Alten.

»Hier. Nehmen Sie.« Der Mann drückt die Tüte gegen Benjamins Brust.

»Danke.« Benjamin nimmt den Beutel und stopft ihn in seine Tasche.

»Wir gehen dann mal weiter. Und übrigens, ins Dorf geht es hier entlang. Nur ein paar Minuten Fußmarsch, dann sehen Sie es schon. Also noch einen schönen Tag.«

Als die beiden verschwunden sind, setzt er sich auf einen Stein und zieht die Tüte hervor. Durch das Plastik scheinen acht Pilze mit braunen und beigefarbenen Hüten und langen, dünnen Stielen. Er öffnet den Beutel, ein frischer Geruch strömt ihm in die Nase. Er hatte gedacht, dass es muffig riechen würde, aber es duftet wie frisch gemähtes Gras. Benjamin nimmt einen der Pilze heraus und tippt mit der Zunge daran. Er denkt an den Kuhdung. Vorsichtig leckt er über den Stiel. Dann steckt er das Gewächs in den Mund. Er kaut. Der Pilz ist zart und zäh zugleich. Er schluckt. Und isst noch einen. Und noch einen. Er isst alle Pilze aus der Tüte. Dann steht er auf. Er fühlt sich merkwürdig leicht, obwohl er nicht glaubt, dass die Droge so schnell wirken kann. Er steht auf, dreht um und geht den Weg hinunter zum Dorf. Er schämt sich nicht wegen seiner völlig verschlammten Stiefel, die bei jedem Schritt ein gut hörbares Furzgeräusch machen. Er geht die Straße hinunter, biegt kurz darauf in den Seitenweg zu Kathrins und Stephans Haus ein.

»Hey Benjamin, schon ... wieder da? Ich dachte ... du machst einen ... Tagestrip.«

Aber Benjamin hört gar nicht, er hört in sich hinein, geht ins Bad und dann unter die Dusche, genießt das warme Wasser, das in zehntausend Tropfen auf seine Haut fällt. Dann legt er sich nass und nackt wie er ist ins Bett und betrachtet ruhig die Maserung der Deckenbalken.

Es dauert ein bisschen, bis Benjamin merkt, dass die Pilze nicht wirken.

Es dauert bis zum Abend.

Bis Kathrin zum Abendessen ruft.

Die feuchten Laken fühlen sich auf einmal furchtbar kalt an. Als hätte er keine Wärme mehr zu geben.

»Und wo ... warst du heute?«

»Nirgendwo.«

9

Sie sitzen im Garten hinter dem Haus. Zwei Säulen Dampf über zwei Menschen. Sie liegen auf Klappliegen und schauen den Schwaden hinterher, die in den Nachthimmel ziehen und sich dort oben in der endlosen Parade nachtblauer Wolkengespinste verlieren. Das Handtuch über Stephans Schoß scheint schwer auf den dürren Oberschenkeln zu liegen, seine Brust ist zu einem Trichter eingefallen, um den sich die knochigen Schultern wellen, so nackt in der Kälte mit dieser Haut, die schimmert wie Brotpapier.

Kathrin schneidet in der Küche Gemüsestreifen.

»Das ist mein liebster ... Moment der Woche. Erst ... die Hitze, dann die ... Kälte, weißt du. Das ... merkt ... der Körper. Es gibt ... nicht mehr viel, was ... der noch ... mitbekommt. Die meiste Zeit ... hängt er ... einfach nur wie ein Gewicht an ... an meinem ... Kopf. Also, ich ... meine das jetzt nicht eso ... terisch. Einfach echt gut zu ... wissen, ... dass er ... noch da ist.«

»Ja, es ist wirklich schön, hier zu liegen.«

»Gewöhn dich nicht ... zu sehr ... dran. Irgendwann ist dein ... Urlaub doch vorbei. Du bist ... jetzt schon fast zwei ... Wochen ... hier. Wann musst du ... denn wieder ... arbeiten?«

»Hat Kathrin dir nichts erzählt?«

»Was ... erzählt?«

»Ich wurde gefeuert. Mich hält nichts mehr in der Stadt.«

»Was soll das heißen? Warum ... bist du denn ... hier? Um Pläne zu ... schmieden? Oder ... was?«

»Ich weiß es nicht. Ich weiß gar nichts. Weißt du, das Unheimliche ist, dass ich nicht mal in Panik bin. Ich habe kein Geld mehr. Ich weiß nicht mal, ob meine Miete für diesen Monat noch abgebucht wird. Wahrscheinlich bin ich gerade dabei, meine Wohnung zu verlieren. Ich bin komplett raus. Ich bin wie du.«

Langsam biegt Stephan seinen Kopf zu Benjamin. Er zittert vor Anstrengung. In seinem Hals spannen sich Sehnen, die eigentlich schon seit Langem zu kurz für diese Körperhaltung sind.

»Was meinst du mit ... ›wie ich‹? Unselbstständig ... wie ich. Halbtot wie ... ich?« Er saugt keuchend Luft ein. »Benjamin, ... ich weiß nicht, ... warum Kathrin mir nichts ... erzählt hat, ... aber du kannst ... nicht hierbleiben. Nicht, weil ich ... dich nicht mag, ... ich mag ... dich sogar sehr. Schon ... immer. Sondern, weil du ... noch alles ... vor dir hast.«

»Ich könnte mir ja hier einen Job suchen.«

»Benjamin! Hier gibt ... es keine ›Jobs‹. Hier ... gibt es ... gar nichts außer Wald und ... Bergen. Du musst ... hier weg.«

»Benimm dich nicht wie mein verschissener Karrierecoach. Ihr seid ja eh so Experten für Lebensplanung.«

»Was soll das ... heißen?«

»Was das heißen soll? Der Untote und seine keusche Krankenschwester. Ihr könnt mir sicherlich einiges über Pläne erzählen. Was macht ihr denn hier? Kauft euch dieses Haus im Nirgendwo, diesen Sarg am Arsch der Welt und verschanzt euch vor der beschissenen Tatsache, dass du, wenn es richtig gut läuft, noch ein Jahr im Rollstuhl und eins an einer Beatmungsmaschine hast. Und anstatt sich einen echten Lebensinhalt zu suchen und eine richtige Familie zu haben, wischt Kathrin hier einem Krüppel den Arsch ab und schneidet Brote in Häppchen. Und du? Hängst hier rum, glotzt Fernsehen. Wie lange bist du noch klar im Kopf? Ein paar Monate? Wochen? Ich mag vielleicht keinen Job mehr haben. Aber ihr habt kein Leben.«

»Hey Jungs, was ist denn hier draußen los?«

»Alles in Ordnung ... Schatz.«

»Okay, wenn ihr meint. Abendessen ist in fünf Minuten fertig. Seid nett zueinander.«

»Weißt du, was der ... Unterschied ist«, flüstert Stephan, »zwischen dir und mir, ... Benjamin? Ich bin glücklich. Ich bin ... raus aus dem ... Spiel. Aus den ganzen Verpflich ... tungen, aus meinem ... Leben ... was zu machen. Am Ende ... das große Ganze abzu ... liefern. Die Freunde, die ... Familie, Zukunfts ... pläne, Karriere. Ich kann einfach ... nur noch mit Kathrin ... zusammen ... sein. Essen, schlafen, ... Pillen schlucken. Viel mehr wird von dir ... nicht verlangt, wenn du ein ... todkranker Krüppel ... bist.«

Stephan schickt eine dünne Atemsäule in die Nachtluft.

»Tut mir leid. Ich hätte das nicht sagen sollen. Das geht mich alles gar nichts an. Vergiss es einfach.«

»Sei kein Arsch. Du ... kannst dir nicht ... vorstellen, dass Kathrin ... das auch so ... sieht, oder? Als die Sache begonnen ... hat, haben wir ... ziemlich bald ... beschlossen, uns keine ... Gedanken ... darüber zu machen. Sie sagt ... sie lebt hier gern mit ... mir zusammen. Und eine ... Vorstellung von ihrem Leben ... hätte sie ... eigentlich nie ... gehabt.«

»Du musst dich nicht ...«

»Du fragst dich ... ob ich nicht den herzens ... guten

Samariter spielen und sie ... gehen lassen sollte? Aber das ... hier ist keine Arztserie voller ... selbstloser Helden ... des Alltags. Ich bin ... glücklich. Und ... sie und dieses ... Haus sind meine einzige Chance, ... auch glücklich zu sterben. Wenn du ... findest, ich sollte im Namen der ... Menschlichkeit oder weil Darwin ... das anders vorgesehen hat ... Kathrin nicht ... ihre besten ... Jahre stehlen, dann ... kann ich nur lachen. Weißt du, eigentlich ... zähle ich gar nicht mehr ... zu den normalen Menschen. Dieser Körper ... hat die Macht, die ... Gesetze der Natur außer Kraft ... zu setzen. Ich bin ... eine Art Supermensch. Nur dass ich eben ... nicht superstark bin, sondern super ... krank.«

»Ich glaube, ich weiß, was du meinst.«

»Nein, weißt du ... nicht, ... Benjamin. Wenn dir ... mehrmals am Tag der Mensch, ... den du ... mal halb um den Verstand ... gevögelt ... hast, ... mit Papiertüchern die ... verschmierte Scheiße ... aus der Arschritze wischen würde, ... dann wüsstest du, ... was ich meine. Wenn Kathrin abhaut, ... entscheidet, ... ihre ›besten Jahre‹, was ... auch immer das sein soll, ... nicht mit einem sterbenden ... Krüppel zu verschwenden, muss ... ich in eine Klinik und bin ... nur noch ein Stück ... Fleisch. Dass Kathrin geht ... oder bei einem Unfall ... umkommt, wäre das ... einzig Schlimme, das mir ... noch passieren kann. Aber wir ... haben ... eine Abmachung, dass ... wir zusammenbleiben, so lange ... es dauert ... und zumindest ich habe ... nicht ... vor, mein Versprechen ... zu brechen. Auch ... wenn ich verstehen ... könnte, ... dass sie es tut. Aber ich vertraue ... Kathrin. Wenn sie weg ... ist, kann ich mich nicht mal ... mehr ... alleine ... umbringen. Verstehst du? Aber so lange das hier ... dauert, will ich das auch ... gar nicht.«

»Wahrscheinlich hast du recht.«

»Was ... redest du da für ... eine Scheiße? Womit ... habe

ich recht? Mit welchem ... Teil von dem, was ich ... gesagt ... habe, habe ich recht?«

»Ich ... ich weiß auch nicht. Mit allem, glaube ich. Ich muss kurz rein. Kannst du hier für einen Moment allein bleiben?«

»Du kannst machen, ... was ... du willst. Du hast ... mir nichts ... versprochen.«

Benjamin kann Stephan nicht in die Augen sehen. Aber er merkt, dass Stephan ihn immer noch anschaut.

»Darf ich dich was fragen?«

»Klar.«

»Was soll der Karton mit Babysachen in eurem Keller?«

Stephan dreht seinen Kopf langsam weg, richtet ihn schwerfällig aus wie ein riesiges Teleskop und schielt in den Abendhimmel, als würde die Antwort in den Nebelschwaden über ihren Köpfen liegen. Silberner Speichel sammelt sich unbemerkt in seinem Mundwinkel. Benjamin ärgert sich über seine Frage. Er versucht einen Gedanken zu fassen. Irgendwas, das er sagen kann. Irgendein Satz, der die Stille beendet. Der seine Frage rückgängig macht. Aber da ist nichts.

»Weißt du was«, sagt Stephan endlich und seine Augen glänzen jetzt wie sein nasser Mund, »ich will, ... dass du bleibst. Ich ... würde mich ... wirklich freuen, wenn ... du bleibst. Fahr morgen ... los. Hol ... deine Sachen aus deiner ... Wohnung. Alles ... Weitere sehen wir dann.«

Der Wind ist kalt, wenn man nicht in einem Klappstuhl in einem Garten sitzt. Der Wind ist sehr kalt, wenn man an einem Frühlingsabend einen Waldweg entlangläuft und nichts einen schützt als ein feuchtes Saunatuch. Der Wind ist eiskalt, wenn man hinter sich die einzige Freundin, die man jemals hatte, seinen Namen rufen hört und trotzdem weiterläuft.

Tannennadeln stechen in Benjamins nackte Füße.

Steine drücken das Fleisch zwischen Sohle und Knochen zusammen.

Du hörst, wie sie deinen Namen ruft.

Du läufst. Den Weg hoch, den du aus irgendeinem Grund in den letzten Wochen nie hochgelaufen bist. Du kommst an Tennisplätzen vorbei, die verlassen im schwarzblauen Dunkel liegen.

Weiterlaufen. Der Weg endet an einem See. Es ist ein Badesee, an einer Seite eine gekachelte Mauer mit einer Leiter, die ins Wasser führt.

Du willst jetzt schwimmen. Weiter nichts. Schwimmen ist gut. Erst mal schwimmen, dann weitersehen. Du wirfst das Handtuch über das Geländer der Leiter und kletterst hinein.

Linker Fuß.

Die Sprossen sind kalt. Das Wasser ist kälter.

Rechter Fuß.

Das eiskalte Wasser.

Linker Fuß.

Das Wasser wird deinen Kopf beruhigen.

Rechter Fuß.

Das Wasser fühlt sich komisch an.

Linker Fuß.

Schlamm.

Du ziehst dein Bein aus dem Wasser, es ist mit dunklem, sumpfigem Matsch überzogen. Im Halbdunkel sieht dein Fuß aus wie ein Tier, wie etwas Fremdes. Als würde er nicht zu dir gehören.

Du erschrickst, rutschst von den Sprossen und fällst rückwärts in den See. Den Tümpel. Brauner Schlick schwappt über deinem Gesicht zusammen.

Du schmeckst den Schlamm, spürst spitze Sandkörner in deinen Augen.

Du bist versunken. In dem Schlamm. Und der Schlamm, die Brühe lässt dich nicht auftauchen. Du tauchst einfach nicht auf.

Du schwimmst. Du machst so etwas wie Schwimmbewegungen. Aber du weißt nicht, in welche Richtung. Du bist orientierungslos.

Der Schlick wird fester.

Du reibst mit deinem Gesicht über einen Grund.

Du schluckst die Brühe aus Sand, Algen, Wasser.

Du stößt dich ab.

Deine Zähne knirschen.

Deine Luftröhre schickt einen Hustenreiz an deinen Kopf.

Du spürst deine Hände im Schlick versinken.

Du atmest
einen tiefen Zug Schlamm
durch die Nase.
Dein Mund
füllt sich
durch die Nase
mit
Schlamm.
Du
denkst,
jetzt
stirbst
du.

Okay.

Dann findet Benjamin Halt unter seinen Füßen. Er streckt die Beine durch, stößt sich ab, sie sinken ein, aber er steht. Bis zu den Knien in dem schlickigen Untergrund und bis zur

Brust in der brackigen Brühe. Aber er steht. Blind vom Sand. Hustend. Würgend. Den Kopf in der Nachtluft.

»Was macht denn der Idiot da?«

Fünf Jungs stehen am Rand des Beckens und sehen Benjamin an.

»Ey, du Idiot, was machst du denn da?«

»So ein Vollspast. Wie kann man denn hier bei dem Wetter reinspringen.«

»Ey, du Wichser, raus aus unserem Badesee.«

»Sag mal, ist der nackt? Oah, wenn der nackt ist. Das ist ja widerlich. Der ist bestimmt so'n Kinderficker. Ey, du Schlammspast. Verpiss dich oder wir treten dir in den Arsch.«

»Mach ein Video. Mach ein Handyvideo. Hast du dein Handy? Gib her, wir machen ein Video.«

»Hey«, ruft Benjamin mit schwacher Stimme, »ich kann nicht mehr. Könnt ihr mir helfen? Ich habe Sand in den Augen. Hallo. Könnt ihr mir helfen? Könnt ihr wen rufen? Könnt ihr wen anrufen? Könnt ihr mir raushelfen?«

»Wir machen hier gar nichts. Da kann der Sack sich schön selbst rausschleppen.«

»Guck mal, jetzt heult der.«

»Oäh, jetzt kommt er rüber.«

»Wie so'n unheimliches Sumpfding.«

»Ja, genau, voll das Sumpfmonster.«

Mit tauben Fingern greift Benjamin die Leiter und zieht sich raus.

Linker Fuß.

Rechter Fuß.

In fünf oder zehn Jahren werden diese Jungs an den Abend denken und hoffen, dass es dem traurigen Mann von damals gut geht.

Vielleicht auch nicht.

Ausgekühlt und erschöpft von der Todesangst im See liegt Benjamin im Gras, ein schlammüberzogener Körper, der mit tränenden Augen zum Nachthimmel hochschaut. Die Sterne sind keine Punkte in der schwarzen Fläche, sondern weißgelbe Kratzer. Wie Risse in einer Decke, die über allem liegt.

»Lass uns abhauen, bevor das Sumpfmonster Jagd auf uns macht.«

»Der macht gar nichts mehr. Guck mal, den kannst du rumschieben, wie du willst.«

»Ääh, nicht berühren. Danach kannst du deine Sneaker wegwerfen.«

»Sieht überhaupt nicht aus wie'n Typ. Das ist voll eklig. Der sieht aus wie ein wandelnder Haufen Dreck.«

»Ja, genau, der totale Dreckhaufen.«

»Oder wie 'ne Kackwurst.«

»Ja, voll die Riesenkackwurst.«

»Ey, willst du mir dic Sneaker versauen, du Kackwurst?«

»Alter, du hast ihm voll eine reingetreten.«

»Ja, du bist voll in die Scheiße getreten.«

»Der hat sich ja kaum bewegt. Den haste ja wohl kaum angetickt. So macht man das.«

10

Flackern.

Nachts in diesem Raum aufwachen, aber das ist nur irgendein Raum. Tags aufwachen, und da ist dieses Gesicht. Ein Kathringesicht. Aber es ist nur irgendein Gesicht. Und ein feuchter Lappen. Es bewegt die Lippen, und der Lappen wischt über deine Stirn.

Aufwachen, und da sitzt die Frau aus dem Touristenbüro. Sie hält deine Hand. Hält sie deine Hand?

Aufwachen, und eine Stimme hören: »Nein, er hat immer noch Fieber. Er spricht nur, wenn er schläft. Wenn er nicht bald ...«

Aufwachen, und es ist Nacht. In die Stille wimmern.

Aufwachen, und den Blick einer Eule auf sich spüren.

Aufwachen, und eine fremde Stimme hören: »... haben ihn einfach so da gefunden. Zum Glück haben die Jungs ihn gefunden. Sonst wäre er wohl an Ort und Stelle erfroren.«

Aufwachen, die verklebten, heißen Augen öffnen, sich an das Zwielicht gewöhnen, und da sitzt das alte Paar aus dem Wald, und die Frau hält einen Strauß Blumen unter deine Nase. Da ist Kathrin. Da sind die beiden Alten, und da ist Kathrin.

»Es ist ja schön, Sie mal kennenzulernen«, sagt die Frau zu Kathrin, »wenn Sie möchten, wenn das hier vorbei ist, dann kommen Sie doch mal mit Ihrem Mann zum Abendessen vorbei. Es ist wirklich sehr gut, wie Sie sich um ihn kümmern. Sie sind sehr gut.«

Flackern.

Flackermomente.

Aufwachen, und da ist Kathrin.

Aufwachen und gewaschen werden.

Aufwachen und frieren.

Aufwachen und schwitzen.

Aufwachen, und deine Eule ruft dich.

Aufwachen, und das Bettlaken wird gewechselt.

Aufwachen, und eine Gummiunterlage wird mit einem rauen Handtuch trockengerieben.

Aufwachen, und es riecht nach Hähnchen.

»Wenn er das nicht essen kann«, versucht der halbtaube

Adam zu flüstern, »sollen Sie es haben. Es ist auch ein Schlag Kartoffelsalat dabei. Das hat er immer so genommen.«

Aufwachen mit dem Geschmack von Suppe auf deiner Zunge.

Aufwachen, und Kathrin streicht dir über den Kopf.

Aufwachen, und Kathrin liest dir aus einer Zeitung vor.

Aufwachen und immer wieder Kathrin.

Aufwachen und deine Eule rufen hören. Angst haben, dass du für immer ins Gefängnis kommst. Fest daran glauben, dass du für den Mord an einer Eule aufgeknüpft wirst.

Aufwachen und merken, dass du zu schwach bist zum Reden.

Aufwachen und schreien.

Aufwachen und merken, dass du die Lust zum Reden verloren hast.

Aufwachen, und da ist Josef.

»Bei uns im Berg hatten auch einige von den Jungs so starkes Fieber. Aber machen Sie sich mal keine Sorgen. Die meisten sind wieder auf den Damm gekommen. Und seit dem letzten Mal sieht er doch schon viel besser aus. Kommen Sie doch sonntags mal mit Ihrem Mann in die Kirche. Die vergangenen zwei Wochen haben wir immer für meinen kleinen Bruder gebetet. Ist schön da beim Gottesdienst, auch wenn man's mit dem lieben Gott nicht so hat. Danach gibt's immer Kaffee und Kuchen. Und eins können Sie mir glauben, auch wenn Sie's mit dem lieben Gott nicht so haben. Er hat's gewiss mit Ihnen.«

Aufwachen, und da sitzt Stephan und guckt besorgt aus dem schiefen Gesicht.

Aufwachen, und es ist Tag.

Aufwachen, und es ist Nacht.

Aufwachen.

Aufwachen.

Aufwachen.

Häufiger Aufwachen.

Länger wach sein.

Suppenmomente.

Starrmomente.

Nasserlappenmomente.

Eulenmomente.

Das alte Paar aus dem Wald.

Aufwachen.

Die Frau aus dem Touristenbüro.

Aufwachen.

Fremde halten dir Pralinenschachteln unter die Nase.

Aufwachen.

Der Mann aus dem Trekkingladen fühlt deine Stirn.

Aufwachen.

Josef.

»Hey, Junge. Junge. Du liegst jetzt schon eine ganze Zeit hier. Es wird Zeit weiterzumachen.«

Aufwachen, versuchen, das Bewusstsein wieder loszuwerden.

Aufwachen, und es ist Nacht.

Dum.

Aufwachen und das vertraute Geräusch in den Ohren.

Dum.

Aufwachen und das Rumpeln auf den Treppen hören.

Dum.

Benjamin steht auf.

Kurz scheint der Boden sich zu bewegen. Kurz wird ihm schwarz vor Augen. Dann zieht er sich ein paar Sachen an. Er zieht eine Jeans über die wackligen Beine, einen Pullover über den abgemagerten Oberkörper.

Dum macht es vor der Tür. Socken.

Dum. Schuhe.

Dum.

Dann nimmst du deinen ganzen fiebrigen Mut zusammen, öffnest die Tür und gehst endlich hinaus zu dem Geräusch.

Dum. Es ist Kathrin.

»Kathrin?«, sagst du mit einer Stimme, die lange nicht benutzt wurde.

Dum.

Kathrin reagiert nicht. Sie liegt auf dem Boden. Schleppen, pressen, drücken, fallen lassen. Sie schleift ihren Körper die Treppe runter, zieht sich von einer Geländersprosse zur nächsten, als könnte sie ihre Beine nicht benutzen. Als wären ihre Beine taub und tot. Mit jedem Ruck macht es das Geräusch. Ihre Hüfte. Dum. Dann die Füße. Dum. Ein Knallen auf die nächsten Stufen.

Dum, dum.

»Kathrin?«

Du überlegst, sie zu packen und zu schütteln, ihr notfalls ins Gesicht zu schlagen.

Schlafwandelt sie? Schlafwandeln ist gefährlich. Menschen können sterben beim Schlafwandeln. Kathrin könnte jeden Moment die Treppe hinunterfallen. Benjamin sieht, wie es sie anstrengt. Er sieht die Arme zittern, Oberarmmuskeln, die sich dünn und sehnig unter der Haut abzeichnen wie die gespannten Stahlseile einer Brückenkonstruktion. Langsam schleppt sie sich voran, bewegt sich wie in Zeitlupe. Wie Stephan, denkt Benjamin. Ihre Arme sind Stephanarme.

Er unternimmt nichts. Er steht oben am Treppenabsatz und starrt ins Halbdunkel, hinunter zu diesem merkwürdigen beinlosen Wesen, wie es sich mit aller Kraft die Treppe hinunterkämpft.

Dum, dum.

Dann hat Kathrin es geschafft.

Durch den Flur schleppt sie sich ins Wohnzimmer. Nur mit ihren Armen robbt sie voran. Ihre Fingerspitzen scheinen sich in den Boden zu krallen.

Benjamin folgt ihr vorsichtig, hört dem leisen Rascheln zu, das ihr Nachthemd auf dem Teppich macht.

In Stephans Zimmer ist es dunkel. Nur das Gestell des weißen Krankenbetts fängt etwas Licht. Benjamin wundert sich, dass er dieses Zimmer in all den Wochen niemals betreten hat. Es war nur eine Tür vom Wohnzimmer entfernt. Sie stand immer offen.

Kathrin schleift sich über den Boden, bis sie das Bett erreicht hat. Stephan schläft seinen schweren Medikamentenschlaf. Mit einer merkwürdigen Behutsamkeit schiebt Kathrin sich an dem Rollstuhl vorbei und zum Bett. Dann drückt sie sich in einem letzten Kraftakt mit einem Arm vom Boden ab, pflückt Stephans Hand von der Matratze. Halb unter dem Bett, Stephans Hand auf ihrem Rücken, bleibt sie liegen. Kathrin bleibt einfach so liegen und schläft weiter.

Benjamin setzt sich leise in einen Sessel und schaut sie an. Es ist ein friedliches Bild. Ein paar Minuten lauscht er dem Atem der beiden. Er geht langsam und tief.

Dann steht Benjamin auf und geht nach oben. Er stopft seine wenigen Sachen in die schwarze Sporttasche. Er streicht das Bettzeug glatt und legt die dicke Tagesdecke darüber. Er sieht sich noch einmal in dem Zimmer um. Zwei Blumensträuße stehen auf der Fensterbank. Er nimmt die Vasen mit den Blumen, stopft die feuchten Sträuße zu seinen Sachen in die Tasche. Dann trägt er die Vasen in die Küche und spült sie aus, trocknet sie sorgfältig ab und stellt die beiden leeren Gefäße auf die Anrichte.

Mit leisem Klackern öffnet er die Schlösser, dann die Haustür. Die Luft riecht klar. Die Sterne sind wieder Punkte.

Benjamin steigt in sein Auto und fährt los.

11

Der Schlüssel passt. Die Haustür lässt sich noch öffnen. Die Wohnung ist immer noch seine Wohnung. Mit einem Klicken gibt der Rahmen die Tür frei. Benjamin wirft die Tasche in seinen Flur. Draußen geht gerade die Sonne auf. Er betritt seine Küche. Benjamin legt die Eule auf den Tisch.

»So«, sagt er, »da wären wir.«

Okay, bereit? Das ist jetzt einer dieser Witze, die nicht grade zum Totlachen sind, die aber trotzdem jeder kennt und weitererzählt. Einer von denen eben, die einem einfach nicht aus dem Kopf gehen. Diese Sorte. Bereit? Also: Rennt eine Frau über den Bahnsteig. Im Schlepptau ihren Sohn. Der Bahnsteig ist voller Menschen. Und sie schleppt ihren Kleinen durch die Menge, einmal komplett runter, ganz nach hinten, zum hinteren Ende des Bahnsteigs. Der Zug kommt schon, und die Mutter legt noch einen Zahn zu, schleift ihr Kind hinter sich her wie einen kaputten Rollkoffer. Und dann ist da diese andere Frau. Also: Steht da eine andere Frau. Die steht gefährlich nahe an der Bahnsteigkante. Und die Mutter zerrt ihren Kleinen. Und der Junge berührt die Frau. Also nur ganz leicht. Ihre Schuhsohle knirscht auf der Bahnsteigkante, und dann kreischen auch schon die Räder. »Halt«, ruft ein Mann, und das ist bestimmt nicht der Schaffner. Dann ist es still. Und da, wo eben noch die Frau auf den Schienen lag, steht jetzt eine rote und graue S-Bahn. »Sie hat sich einfach vor den Zug geworfen«, sagt der Mann, »ich konnte nichts tun.« Aber das hört der Junge, ach genau, Benjamin heißt der, gar nicht mehr. Die sind schon längst weiter. Nur noch die Sirenen, als er und seine Mutter ins Taxi steigen.

Und? Hm, okay. Der ist jetzt nicht soo durch die Decke gegangen. Aber warte ab. Wo der herkommt, gibt es noch viel mehr.

Australien

Ich übe wochenlang für diesen Tag. Ich wiederhole den Trick endlos. Ich wünsche mir zum Geburtstag nichts als einen Tisch im Garten. Einen Tisch im Sommergarten und zwanzig Klappstühle für die Gäste der Vorstellung. Ich bekomme natürlich trotzdem noch andere Sachen. Ich kann mich aber nicht mehr erinnern, was.

Andere Familien haben auch Probleme.

Andere Familien haben auch Dreck am Stecken.

Andere Familien haben auch Leichen im Keller.

Manche Familien haben sogar echt eine Leiche im Keller.

Das liest man immer wieder.

Nichts ist unmöglich. In Familien.

Mit zwei Tiefkühltruhen.

Eine für die Tiefkühlkost.

Dagegen, also gegen Familien, die wirklich Tote im Keller aufbewahren, ging es uns noch ganz gut.

Ich komme in den Garten, und alles ist falsch. Es ist alles da. Aber die Sachen stehen völlig falsch. Die Stühle stehen um den Tisch herum, wie ein Stuhlkreis. Ein bescheuerter Babystuhlkreis. In diesem Moment wird mir klar, dass auch genauso gut alles schieflaufen kann, dass man üben und üben kann, dass man etwas perfekt beherrschen kann, und am Ende ruiniert ein Zufall alles. Auf einmal ist alles hin. Ich verstehe das da noch nicht, aber an diesem Geburtstag vor diesem Stuhlkreis wird mir klar, dass so was absolut eine Möglichkeit ist.

Hauke ist weg, als ich fünf bin.

»Wo ist Hauke?«

»Der ist nach Australien«, erklärt mir mein Vater.

Meine Mutter liegt nebenan auf dem Bett und weint.

»Was ist Australien?«

»Ein Land, das ganz weit weg ist. Auf der anderen Seite der Welt.«

Meine Mutter vermisst Hauke schon jetzt.

»Können wir ihn anrufen?«

»Nein, da ist es jetzt Nacht.«

Meine Mutter zieht die schweren Vorhänge im Schlafzimmer zu und schließt die Tür.

»Können wir ihn nachher anrufen?«

»Nein, dann ist es auch Nacht.«

Sie schließt die Tür ab.

»Und morgen? Können wir morgen anrufen?«

»Nein, Benjamin, in Australien ist es immer Nacht.«

Ich wünsche mir außerdem eine große, rote Decke. Eine Decke, die vorne bis runter zum Rasen reicht. Damit niemand dem Magier in die Tricks linsen kann. Da sitzen meine Tanten und Onkel, meine Großeltern, die damals noch alle leben. Ich ärgere mich, weil sie sich unterhalten. Ich bin richtig sauer, weil sie nicht zu mir rüberschauen. Ich ärgere mich, weil sie sich unterhalten und Kuchenteller auf ihren Schößen balancieren, anstatt herzugucken, wie ich den großen Trick vorbereite.

Sie sollten sich nur auf mich konzentrieren. Es ist mein Geburtstag. Sie sollten neugierig sein. Ich bin der Anlass. Was macht denn unser kleiner Junge da? Was bereitet er wohl vor? Ich sollte wichtiger sein als Kuchen.

Mein Vater sitzt zwischen seinen Büchern. Er hat ein kleines Bürozimmer, in das er früher nie gegangen ist. Einmal im Jahr vielleicht. Um die Steuererklärung zu machen vielleicht. Seit Hauke weg ist, stopft er es mit Büchern über Australien voll. Er verbringt Abende und Wochenenden damit, diese ganzen Reiseführer, Aufzeichnungen der Entdecker, das alles zu lesen. Die Bücher stapelt er zu einer großen, muffigen Papierpyramide.

Andere Familien haben auch Probleme.

Da liegt dann auf einmal das Kind unten im Keller in der Tiefkühltruhe.

Es ist wirklich nicht leicht, ein Ei verschwinden zu lassen. Ich trainiere wochenlang dafür. Endlos. Packungen voller roher Eier. Man stülpt den Becher darüber. Und dann muss alles ganz schnell gehen. So gehen, als würde es gar nicht passieren. Erst will ich einen roten Gummiball nehmen, weil er lustig aussieht. Aber dann finde ich eine rote Decke wichtiger. Auf einer roten Decke sieht man einen roten Ball nicht. Im Nachhinein finde ich Eier auch aus anderen Gründen besser. Damals denke ich noch nicht so über Dinge nach.

»Können wir jetzt los, Papa?«

»Ich muss das hier noch eben zu Ende lesen.«

»Du hast versprochen, dass wir gehen.«

»Wir gehen ja. Aber jetzt muss ich das hier eben noch zu Ende lesen.«

»Aber es geht schon gleich los. Wir kommen zu spät.«

»Noch eine Sekunde.«

»Eigentlich sind wir schon zu spät.«

»Sei ein lieber Junge und lass deinen Vater noch diese Seite lesen.«

»Okay, wir machen es so«, sage ich, »ich zähle runter von wie alt ich bin, und wenn ich fertig bin, dann kommst du mit. Können wir es bitte so machen?«

»Ja, still jetzt kurz.«

»Sieben, sechs, ... Dad?«

»Sekunde.«

»Sechs, fünf, vier, drei, ... soll ich dir vielleicht schon mal deine Schuhe holen?«

»Scht jetzt.«

»Zwei, eins, null.«

»...«

»Minus eins, minus zwei, ...«

»Du kannst ihn nicht immer da lassen auf diesem Gefängnisplaneten. Es ist genug. Du musst das jetzt aufklären. Der Junge ist zehn. Wie lange willst du ihn noch anlügen?«

Alle drehen sich zu den beiden um, als mein Onkel Jochen das zu meinem Vater sagt. Niemand sieht mir bei den Vorbereitungen für mein Zauberkunststück zu. Keiner versucht das Geheimnis rauszukriegen. Keiner ist gespannt auf meinen Trick.

»Was meinst du?«, fragt mein Vater. »Was glaubst du, hier für eine großartige Wahrheit aufzudecken?«

Die Verwandten sollen mich angucken.

Ich weiß noch heute, wie man jede Art Eierfleck aus allen möglichen Sachen verschwinden lassen kann.

– Frische Eiweißflecken lassen sich leicht mit kaltem Wasser oder einer Salzwasserlösung auswaschen.

– Frische Eigelbflecken entfernt man am einfachsten mit lauwarmem Wasser oder einer Spülmittellösung.

– Sind die Flecken bereits eingetrocknet, ist die Fleckentfernung nicht mehr so einfach. Deshalb sollte man einen Fleck, den man nicht sofort behandeln kann, erst einmal mit einem feuchten Tuch abdecken. Ist das Ei bereits eingetrocknet, muss zuerst der überschüssige Dotter vorsichtig mit einem Messer abgekratzt werden. Anschließend behandelt man den Eierfleck mit einem speziellen Lösungsmittel aus der Drogerie.

In meiner linken Hand habe ich einen blauen Trinkbecher. In meiner rechten Hand habe ich ein ganz normales Ei. Daran ist nichts ungewöhnlich.

So will ich meinen Zaubertrick ankündigen. Mit diesen Worten. Aber mein Vater wirft gerade meinen Onkel Jochen raus, und meine Mutter ist weinend von ihrem Klappstuhl gefallen. Zwei Tanten versuchen sie vom Rasen aufzuheben, während sie sich zusammenkrampft, den Kopf an die Knie, als hätte sie Bauchschmerzen. Sie kreischt und weint und schneidet die schlimmsten Grimassen. Dabei wirft sie drei Klappstühle um.

Ein Becher und ein Ei. Daran ist nichts Ungewöhnliches.

Lieber Hauke

morgen komme ich in die vierte Klasse. Schade das du nicht hier bist. Ich habe ein Buch über Australien aus Papas Zimmer genommen. Ich habe es heimlich genommen. Papa mag nicht wenn ich in die Bücher reingucke. Es gibt in Australien sehr viele giftige und gefährliche Tiere. Es gibt sehr große Krokodile. Die heißen Salty. Die können doppelt so lang werden wie ein Auto und ziehen die Menschen unters Wasser. Dann ertrinkst du. Es gibt auch Haifische. Diese greifen die Menschen im Meer an. Sehr viele Schlangen in Australien sind sehr giftig. Von 25 kann man sterben. Die gefährlichste Schlange heißt Taipan. Sie ist braun und kann zwei Meter und dreißig Zentimeter groß sein. Taipan ich finde das klingt lustig. Vielleicht findest du das ja auch. Es ist aber nicht lustig. Es gibt auch giftige Kröten und Frösche und sogar eine Qualle welche Menschen töten kann. Sie heißt auch sehr lustig. Box Jelly Fish. Sie ist aber das giftigste Meerestier der Welt. In dem Buch steht man soll bei den ganzen Tieren die man sieht besser schnell weglaufen weil man sich nicht sicher sein kann. Ich weiß nicht warum sie den Tieren so lustige Namen geben wenn diese den Menschen dann umbringen. Australien ist ein sehr gefährliches Land. Ich kann mir gar nicht vorstellen das dort überhaupt eine Menschenseele lebt die nicht immerzu wegläuft. Ich dachte das müsstest du wissen. Pass also sehr stark auf. Ich hoffe sehr stark du wirst von niemand gebissen. Manchmal fände ich es besser wenn du hier wärst.

Dein Benjamin

Papa kommt zurück und brüllt meine Mutter an, dass sie sich zusammenreißen soll, wenigstens am Geburtstag ihres Sohnes. Er packt sie fest am Handgelenk. Stellt sie auf die Füße wie eine Puppe. Sie versucht, sich wieder hinfallen zu lassen. Ihr gelbes Blumenkleid ist voller Grasflecken. Er stellt sie auf die Füße wie eine Puppe und schleppt sie ins Haus.

Bis jetzt sehen Sie nichts Ungewöhnliches, meine Damen und Herren. Doch jetzt nehme ich das Ei, lege es auf den Tisch und stülpe den Becher darüber.

»Komm her, mein Junge«, sagt eine Tante, »das sollst du nicht sehen.« Sie packt mich und drückt meinen Kopf zwischen ihre großen Brüste. Es knackt. Die Tante schubst mich weg.

»Was ist das denn für eine blöde Sauerei? Warum zum Teufel hältst du denn ein Ei in der Hand?«

Doch wenn ich jetzt den Zauberspruch aufsage und den Becher wieder hochhebe, dann werden Sie sich wundern, meine Damen und Herren.

Die Tante hat einen gelben Glibberfleck auf ihrem Kleid.

»Frische Eigelbflecken entfernt man am besten mit einer Spülmittellösung«, höre ich mich sagen, »man darf es bloß nicht trocknen lassen.«

Abrakadabra. Und das Ei ... ist weg.

Tosender Applaus.

Ich glaube nicht an andere Menschen. Ich meine, ich glaube nicht, dass es andere Menschen gibt.

Den Zoo verlassen. Die Arme nach vorn gestreckt, den Kopf schief gelegt, die Augen halb geschlossen. Sich durch die Menge der Zoobesucher schieben. Die Menge der Zoobesucher teilen. Vorbei an Gehegen und Kiosken. Hinaus durch das Drehkreuz, auf die Straße und immer weiter.

Wie sehr hat Las Casas geweint?

Sie brennen alles nieder. Die Hütten, die Bäume, die Götter. Diese friedlich, grimmig, halb weise, halb blöde guckenden Holzgötzen. Sie verbrennen die Indios zu schwarzem Rauch. Das alles, das Ganze, die ganzen Menschen. Alles geht auf in einer nachtschwarzen Säule mitten im Dschungel. Fleisch und Feuer. Ein Strohfeuer Haare. Dann krosse Haut. Knistern. Flammen. Dann poröse, berstende Kohle auf Knochen voll kochendem Eiweiß. Was bleibt, wenn das Feuer aus ist und die Asche kühl. Ein Feld voll schwarzer Knüppel. Die waren eben noch Skelette in menschlichen Körpern.

Die Spanier stehen auf.

Es ist zu kalt am Fluss. Zum Baden sowieso.

Sein Vater ist in sein Zimmer gekommen und hat ihn an den Fluss geschickt. »Warum soll ich an den Fluss gehen?« Weil alle in seinem Alter an den Fluss gehen, sagt sein Vater. Es ist noch viel zu kalt. Ein Scheißsommer. Ein Scheißsommerferiensommer.

Außer ihm sitzen nur ein paar Mädchen auf dem schmalen Stück Strand. Sie tragen Badeanzüge. Sie frieren. Sie legen sich die Handtücher um ihre Schultern. Nur die eine sitzt ganz gerade da. Ohne Handtuch. Ein Bikini und viel straffe, winterblasse Haut. Ihr dickes, langes Haar ist gelb, wahrscheinlich ein missglücktes Blondierexperiment, trotzdem die sommerlichste Farbe hier. Der Sand ist grau von Grillnachmittagen und Lagerfeuermüll.

Man kann das Mädchen nur ansehen. Man kann sich gar nicht auf das Spiel konzentrieren.

»Hey du, komm mal her«, ruft das Mädchen und guckt

genau in seine Augen. Er dreht sich weg und tut so, als hätte er nichts gemerkt. Die anderen Badehandtuchmädchen kichern.

»Ey«, sagt sie jetzt. Und er sieht hin, und sie kichert gar nicht. »Komm halt her«, sagt sie. Und dann sagt sie etwas, das er nicht genau versteht: »Wir verarschen dich nicht« oder »Wir verarschen dich richtig«.

So unauffällig es geht, scharrt er eine Kuhle neben sich in den Sand und vergräbt seinen Gameboy. Dann geht er hinüber.

»Warum hat das so lange gedauert?«, fragt sie.

»Ich dachte, ihr verarscht mich«, sagt er.

»Ach so, setz dich.«

»Hierhin?«

»Nee, hier zu mir aufs Handtuch.«

»Okay.«

»Und jetzt?«

»Du hast gesagt, ich soll herkommen.«

»Aber du bist rübergekommen. Was hast du da verbuddelt?«

»Einen Gameboy.«

»Warum?«

»Ich dachte, du verarschst mich.«

»Du bist witzig.«

»Okay. Tut mir leid.«

»Mir ist kalt. Bringst du mich nach Hause?«

»Was?«

»Bring mich nach Hause.«

Manchmal, wenn er im Bus sitzt, im Schulbus oder im Bus in die Stadt, stellt er sich vor, dass eine Gruppe Terroristen durch die Hydrauliktüren hineinstürmt. Die Türen zischen auf, Männer mit schwarzen Masken stürmen hinein, sie drängeln durch den Bus bis zu seinem Platz, Männer mit schwarzen Masken und schwarzen Kampfanzügen. Sie richten ihre Waffen auf seinen Kopf. Einer drückt ihm eine eisige Maschinengewehrmündung an die Stirn und sagt: »Du musst eins von den Mädchen im Bus ficken, sonst töten wir dich und alle anderen hier.« Dann müssen sich alle Frauen und Mädchen im Bus nackt ausziehen und auf ihre Sitze stellen, und er geht den Mittelgang hinab und merkt auf einmal, dass er gar keine Angst hat.

Die beiden stehen auf den Treppen vor der Haustür des Mädchens.

»Wie heißt du?«

»Benjamin.«

»Jetzt bist du dran.«

»Was?«

»Jetzt musst du fragen, wie ich heiße.«

»Wie heißt du?«

»Nina.«

Jetzt kann er zurückgehen, den Gameboy ausgraben. Aber der feuchte Sand hat ihn längst ruiniert.

Nina macht ihm die Haustür in schlabbrigem Pulli und Jogginghose auf. Brüste, ein sportlicher Bauch.

»Setz dich noch kurz zu Opa.«

Ein Rücken, der sich an seinem Ende in zwei Backen teilt, mit einem wunderbaren Loch irgendwo in der Ritze dazwischen, ein drahtig behaarter Schlitz, den er angefasst, in den er schon seinen Zeigefinger und einmal fast sein Ding hineinstecken durfte, alles unter dem ausgeleierten Jerseystoff. Nina und er sind jetzt schon fünf Tage zusammen. Nina lotst ihn zu ihrem Großvater und rennt die Treppe runter in ihr Zimmer.

»Ich bin gleich fertig.«

Jetzt zieht sie da unten Pulli und Hose aus, dreht sich nackt vor dem Spiegel, betrachtet ihre Titten, ihren Arsch, steckt sich den Mittelfinger in den Schlitz und riecht daran. Das ist kein Scheiß. Das weiß Benjamin. Sie stellt sich vor, wie er bei ihrem Opa hockt, der schräg in seinem Rollstuhl sitzt und dreimal täglich gewickelt werden muss und beim Gedanken an sie mit einem Steifen kämpft. Das weiß er, weil sie es ihm gesagt hat.

Dann zieht sie extralangsam die Sachen an, die sie längst rausgesucht hatte. »Ich bin fast fertig«, ruft sie hoch und zieht sich laangsaaam an. Ein hauchdünnes Sommerkleid, das sich straff über ihren ganzen Körper dehnt. Eine Stretchjeans, unter der sich ihre Muschi abzeichnet. Die Jungs auf dem Schulhof sagen Taubstummenhose. Man hört nichts, aber man sieht, wie sich die Lippen bewegen.

Sie lässt sich Zeit, denkt, dass er sich vorstellt, wie sie unten in ihrem Zimmer ist, nackt und ganz allein. Er glaubt, sie will, dass er zu ihr runterkommt. Aber er ist sich nicht sicher. Er glaubt, sie will nicht, dass er runterkommt, auch wenn es ihr eigentlich total egal ist, aber sie erwartet es, weil er dann dumm dasteht. Er glaubt, sie lässt ihn immer bei ihrem Opa warten, weil sie denkt, dass sie im Kontrast noch schärfer rüberkommt.

»Als Kolumbus sich das zweite Mal über den Atlantik bis nach Hispaniola vorgekämpft hatte …«, sagt ihr Großvater.

Seit fast einer Woche sitzt er jeden Tag ein paar endlose Minuten bei ihrem Opa und lässt ihn reden. Der redet ganz von allein, wie ein kaputtes Spielzeug.

»... hatten die verdammten Indios das ganze Fort mitsamt

aller Männer niedergemacht. Das hat er sich natürlich nicht gefallen lassen. Warum auch? Da ist er mit seinen Männern losgezogen. Kolumbus. Fünfzehnhundert Spanier gegen Hunderttausende Wilde. Die hatten damals ja nichts als ... als«, er lässt seinen Mund fischig auf- und zuschnappen. Wieder so ein Satz, der sich in seinem grauen Rachen in Luft verwandelt.

Ninas Opa leckt sich die Lippen. Er schiebt eine Lupe auf seinem Buch herum. Ninas Opa hat genau dieses eine Buch. Ein großes mit fettig glänzendem Pappeinband. »Kolumbus« steht drauf. Und etwas kleiner »Ein Eroberer in Bildern und Berichten«. Darunter das Porträt eines enttäuscht aussehenden Mannes, einen Zug um die Mundwinkel, als würde er sich auf die Lippe beißen, um nicht loszuheulen.

Immer wenn er bei ihm sitzt, hält Ninas Opa den Band auf seinen Knien, blättert zittrig darin herum, schiebt mit seinen Spiddelfingern eine Leselupe über die Seiten. Vielleicht, um dem Jungen etwas Spannendes zu bieten, vielleicht, weil das komische Kerlchen in seinen kurzen Shorts und den ausgewaschenen T-Shirts ihn langweilt. Manchmal sitzt er Minuten nur so da, blättert, murmelt. Immer über diesem Buch.

Jetzt sucht er eine andere Stelle. Die Lupe rutscht von den Seiten runter auf den Boden, er versucht sich vorzubeugen, sie aufzuheben, das Kolumbusbuch rutscht von seinen Knien und poltert auf den Velourssteppich.

Ninas Großvater zeigt mit zittriger Hand auf seine Beine im Rollstuhl.

Er lehnt sich zurück, und Wasser schießt ihm in die Augen.

»Was hab ich gesagt?« Er schaut den Jungen in seinem Zimmer an, als hätte der sich gerade vor ihm materialisiert. »Oder was hab ich grad gesagt?«

»Keine Ahnung, was Sie gesagt haben«, sagt Benjamin und hebt das Buch auf. »Irgendwas mit Indios.«

»Kolumbus hat sie alle niedergemacht, dummer Junge«, sagt Ninas Großvater, »er ist los über die Insel oder seine Männer mit ihren Musketen und Rüstungen und auf Pferden. Und die Indios hatten nichts. Die Indios hatten einen Scheiß. Und dann hat er sie alle niedergemacht.«

Benjamin hält das Buch des alten Mannes immer noch in der Hand. Er könnte es jetzt einfach in seinen Rucksack stopfen.

Als Benjamin klein war, richtig klein, hat er einen Sommer lang Fliegen die Flügel und Beine rausgerissen. In immer unterschiedlichen Kombinationen. Egal, was man denen rausreißt. Fliegen leben weiter, als wäre nichts passiert. Alle Beine dran, die Flügel ab. Dann laufen sie eben einfach weiter. Als wäre nichts gewesen. Als wären die nie geflogen.

Die Flügel dran, die Beine ab.

Die sterben nicht.

Den linken Flügel ab, die linken Beine auch.

Nicht mal nach Tagen.

Die Flügel ab, nur die Vorderbeine dran.

Machen einfach weiter.

Auch ganz ohne Beine und Flügel.

Der kleine schwarze Rüssel rollt sich.

Immer rein, immer raus.

Sie ziehen sich aus, und Nina fragt: »Findest du mich schön?«

Er dreht sich weg und lässt die Unterhose an seinen Beinen runterrutschen.

»Gefällt dir mein Po?«

»Magst du meine Brüste?«

Sie legt sich auf ihr Bett und biegt das Kreuz durch.

Ein Einhornaufkleber auf dem Kleiderschrankspiegel schaut unverschämt zu ihm runter. Auf ihrer Tapete sind echt aussehende Wolken, die aber gemalt sind. In einer Glasvitrine steht eine Reihe bunter Gläser. In jedem steckt ein wirr verbogener Strohhalm.

Sie sagt: »Findest du, dass meine Haut weich ist?«

Sie sagt: »Wie weich findest du meine Haut?«

Sie sagt: »Magst du meine Lippen?«

Nina setzt sich auf ihn. Sie leckt sich über die Finger, macht mit den nassen Fingern zwischen ihren Beinen rum. Dann steckt sie seinen Penis in sich rein. Sie sind jetzt seit eineinhalb Wochen zusammen.

»Willst du immer mit mir zusammen sein?«

Sie lässt seinen Penis in sich hineinrutschen, und er kommt, noch bevor er richtig drin ist.

Er sagt nichts. Er lässt sie machen. Es fühlt sich unangenehm an.

Er versucht, an etwas anderes zu denken. Er denkt an das Einhorn.

Da sind ihre wippenden Brüste über ihm und noch einmal im Schrankspiegel. Schräg darüber das Einhorn.

Er ist das Einhorn und guckt vom Spiegel auf sich runter. Er ist blass und blassblond. Obwohl er ständig mit ihr an den nervenden Fluss mit ihren nervenden Freundinnen geht. Er ist das Einhorn, auf das sie gewartet hat. Er ist gekommen, damit sie sich an ihm aufspießen kann.

»Liebst du mich?«, will sie wissen.

Sie sitzt auf ihm, wirft ihre dicken, gelben Haare in den Nacken. »Liebst.« Sie konzentriert sich, ordentliche Kreise mit ihrem Becken zu machen. Das ist wirklich ziemlich irre, wie wichtig ihr diese Kreise sind. »Du.« Als würde es darauf ankommen, den Kreis ganz rund zu machen. »Mich.«

Einhörner können nicht sprechen.

»Liebst du mich?«

Einhörner können nicht sprechen.

Sein Penis glitscht schlaff aus ihr raus und legt sich auf seinen Bauch wie ein erstickter Wurm. Sie schaut ihn mit ihren merkwürdig runden Augen an.

»Sag's jetzt eben einfach mal: Liebst du mich?«

Ninas Opa hat ein Schiff. Es hat Staub geladen, massenweise Staub. Eine dicke Schicht liegt auf Deck. Die Gewebe der Segel sind trocken grau. Spinnenweben, Geisterschiffseile hängen zwischen den Masten. Sogar die Spinnenweben sind staubig. Das Schiff steht auf einem Regalbrett aus Kiefer, das von zwei lieblos hineingedübelten Winkeln in der Mitte der Wand gehalten wird. Der Kahn oder die Karavelle, wie Ninas Opa das Schiff nennt, ist aus Holz, wirkt so groß, so schwer, dass man sich wundert, dass das Brett es hält. Es ist das Schiff zum Kolumbusbuch.

Von dem Schiff abgesehen ist das Zimmer des Opas bloß Furnier und schlappe Polster. Ein verbeultes Kaltschaumsofa, eine wacklige Stehlampe und ein nutzloser Schreibtisch. Sachen aus dem Möbeldiscount vom Stadtrand. Wäre da nicht das Krankenbett aus dickem, weißen Rohr und der Rollstuhl, das Zimmer von Ninas Opa sähe aus wie ein Jugendzimmer.

Ninas Opa kann das Schiff nicht mehr alleine sauber machen. Seine Arme hängen nutzlos an seinem Körper herunter, die Beine stehen auf den Fußstützen des Rollstuhls. Benjamin würde das für ihn machen. Er hat ja sonst nichts zu tun in diesem Zimmer. Aber der Alte will nicht, dass das ein anderer macht, dass das ein anderer versaut.

»Ich will nicht, dass ihr mir mein Schiff versaut oder was hab ich gesagt? Ich will nicht ...«, sagt er, »dummer Junge.

Dummer, dummer Junge.« Dann macht er wieder eine seiner Pausen, die keine rhetorischen Pausen sind. Die Augen werden leer, der Mund schlaff, als hätte ein Puppenspieler die Hand aus seinem Kopf gezogen. Dann ist er wieder da. Er sagt: »Ich will nicht, dass ihr die Schiffe versaut oder was hab ich gesagt.«

Nina und Benjamin sind jetzt schon fast zwei Wochen zusammen.

»Kolumbus hat das Ei einfach auf den Tisch geknallt, dass die Schale gebrochen ist, und da stand es dann. Auf dem Kopf, wie er es dem König versprochen hatte«, sagt Ninas Opa einmal. »Früher war ich der Kolumbus, mein Junge. Da habe ich die Dinge auf den Kopf gestellt. Das kannst du mir glauben. Heute bin ich das Ei.« Dann lacht er gurgelnd, und dann lachen er und Benjamin kurz zusammen. Manchmal denkt Benjamin einen komischen Gedanken: Dass er Ninas Opa gern kennengelernt hätte.

Dann plötzlich blättert der Alte wieder verwirrt in seinem Kolumbusbuch herum. Als hätte er was zwischen den Seiten verloren. Und es kommt wieder aus ihm raus wie Fernsehquizantworten: »Die ›Santa Maria‹ wurde 1480 im nordspanischen Santander gebaut! Alles Augenmaß!«, ruft er mit sandiger Stimme, »ein hochseetauglicher Dreimaster, 23,6 Meter lang und knapp acht Meter breit«, als hätte er das Schiff gebaut, »ohne einen Plan oder eine Zeichnung, nur mit einem untrüglichen Gespür für Stromlinie und Proportion. Heute ist Santander ein beliebter Badeort, und alle Indianer auf Hispaniola sind tot.«

Er liegt auf seinem Bett. Er schaltet den Fernseher auf Stumm und zappt zum Kanal mit der Telefonsexwerbung. Eine Motte ist durch das Fenster reingekommen und summt um seinen

Kopf. Motten machen staubige Leichen. Er macht das Licht in seinem Zimmer aus und das im Flur an. Er hört seine Eltern fernsehen. Als die Motte zu ihnen raus ist, schließt er die Tür. Dann legt er sich ins Bett, wichst leise, schläft ein.

»Mir hat Opa noch nie ein Buch geschenkt. Ich wusste gar nicht, dass er überhaupt welche hat«, sagt Nina und sieht ein bisschen eingeschnappt aus. »Lies mir vor. Ach nein, lieber doch nicht, es sieht zu lahm aus. Okay, doch, na los, fang schon an.«

»Warte. Ich suche eine spannende Stelle.«

Er legt sich neben sie auf das Bett und blättert. Er hatte sich die Schrift in dem Buch viel kleiner vorgestellt, viel geheimer. Aber es ist eine große Schrift, leicht zu lesen. Sein Blick bleibt bei dem Bild von einem Mönch oder Priester hängen, der mit einer Feder in der Hand an einem Schreibtisch sitzt. Hinter ihm steht ein halbnackter Indianer. Die Haare von dem Mönch sehen aus, als hätte der Indianer sie gerade einmal kräftig durchgewuschelt. Sie schauen zusammen aus einem Fenster auf eine Landschaft voller Palmen. »Bartolomé de Las Casas« steht unter dem Bild. Daneben ist eine Zeichnung, nur schwarzweiß, aber er kann nicht aufhören, draufzugucken. Sie zeigt Männer in Rüstungen und halbnackte Indianer. Ein Ritter legt ein Holzscheit auf ein Feuer, über dem Indianer aufgehängt sind. Einer der Hängenden schaut hoch in den Himmel, sein Mund macht ein »O«, aber nicht die erstaunte Sorte. Direkt neben ihm hängt eine schöne, nackte Frau mit langen Haaren, die sehr weich aussehen. Ein anderer Ritter hat ein Baby an den Beinen gepackt und ist dabei, es mit dem Kopf gegen die Wand zu donnern. Im Hintergrund sind mehr Ritter, die mit Knüppeln und Lanzen auf noch mehr Nackte einschlagen.

»Ganz kurzer Bericht über die Zerstörung Westindiens«, beginnt er halblaut zu lesen. Das scheint das zu sein, was der Mönch auf dem linken Bild mit der Feder in seiner Hand geschrieben hat.

»›Ganz kurz‹, das klingt doch gut«, sagt Nina und stellt sich vor den Spiegel, um ihre Haare zu bürsten.

Er beginnt vorzulesen.

Dieser Las Casas erklärt dem König von Spanien, wie Kolumbus die Insel Hispaniola erobert hat. Wie nach fünfzig Jahren von den drei Millionen Indianern, die auf Hispaniola gelebt haben, nicht mal mehr zweihundert übrig waren. Die »demütigsten, geduldigsten, friedfertigsten und ruhigsten Menschen«, die »glücklichsten Menschen«, schreibt Las Casas.

Nina lacht, und die Bürste macht ein Rupfgeräusch in ihren Haaren. »Die geduldigsten, friedfertigsten, ruhigsten, glücklichsten? Na, die hatten bestimmt auch Dreck am Stecken.«

Er liest: »Die Christen gaben ihnen Ohrfeigen, Faust- und Stockschläge, ja, schließlich haben sie sich an den Oberherren der Ortschaften vergriffen.«

»Typischer Fall von Inselkoller«, sagt Nina.

»Und das steigerte sich zu solchen Freveltaten und Dreistigkeiten, dass ein christlicher Hauptmann sogar die Frau des größten Königs, des Herren der ganzen Insel schändete.«

»Oh«, sagt Nina, »jetzt geht's los.«

»Fortan suchten die Indios nach einer Möglichkeit, wie sie die Christen aus ihrem Land vertreiben könnten. Sie griffen zu den Waffen.«

»Ja, genau, zeigt's denen. Wehrt euch, Indios, kauft nicht bei Spaniern.« Nina reißt die Bürste kämpferisch in die Luft.

Er liest: »Sie griffen zu den Waffen, die ziemlich schwach sind, wenig schaden, kaum standhalten und noch weniger zur

Verteidigung dienen (daher sind all ihre Kriege kaum mehr als hierzulande Ringelstechen oder gar Kinderspiele).«

»Oh«, sagt Nina und noch mal: »Oh.«

»Die Christen mit ihren Pferden, Schwertern und Lanzen verübten Metzeleien und unerhörte Grausamkeiten an ihnen. Sie drangen in die Ortschaften ein; sie verschonten nicht einmal Kinder oder Greise, Schwangere oder Wöchnerinnen.«

Benjamin stellt sich vor, wie der Mönch oder Priester, wasauchimmer, schreibend und in Tränen über seinem Papier sitzt. Halb weint er, weil er sich an diese ganzen schlimmen Dinge erinnern muss, halb, weil er diese wuchtigen Worte findet. Weil er merkt, dass sein Bericht Eindruck schinden wird.

Er liest: »Ihnen allen schlitzten sie den Bauch auf und zerstückelten sie, als fielen sie über ein paar Lämmer her, die in ihren Hürden eingesperrt wären.«

Nina hat jetzt aufgehört, sich die Haare zu bürsten. Sie hat sich mit dem Rücken zu Benjamin auf die Bettkante gesetzt.

Er liest: »Sie schlossen Wetten ab, wer mit einem einzigen Hieb einen Menschen zweiteilen oder ihm den Kopf mit einem Pikenstoß abtrennen oder ihm auch die Eingeweide aufreißen könne.«

»Hör auf. Ich möchte das, glaube ich, lieber doch nicht hören«, sagt Ninas Rücken.

Er liest: »Sie zerrten die neugeborenen Kinder von der Mutterbrust, packten sie an den Beinen und zerschlugen ihnen den Kopf an den Felsen.«

Er liest: »Andere warfen die Geschöpfe rücklings in den Fluss, wobei sie lachten und spotteten, und wenn das Kind ins Wasser fiel, sagten sie: ›Du zappelst ja noch, bist du verdammt?‹«

Ninas Rücken sagt: »Jetzt hör halt auf.«

Er sieht vom Buch hoch und guckt zu Nina. Er schaut ihren schweigenden Rücken an. Seltsam gekrümmt sieht er aus, seltsam verbogen und verletzt, irgendwie unansehnlich. So ein krummer Buckel mit hängenden Schultern.

Er liest: »Mit dem Schwert durchbohrte Nina weitere kleine Kinder zusammen mit deren Müttern und allen, die ihr vor die Augen kamen.«

»Spinnst du?«, sagt Ninas Rücken. »Sag mal, spinnst du jetzt.«

Er liest: »Nina baute große Galgen, die so beschaffen waren, dass die Füße der Opfer beinahe den Boden berührten und Nina jeweils 13 von ihnen henken konnte, und zu Ehren und zur Anbetung unseres Heilands und der zwölf Apostel legte Nina Holz darunter und zündete es an, um sie bei lebendigem Leibe zu verbrennen.«

Nina versteckt ihr Gesicht in den Händen, greift sich dabei mit ihren Fäusten in die dicken Haare. »Lass den Scheiß«, sagt ihr Rücken. »Bitte lass den Scheiß.«

Er liest: »Anderen band oder wickelte Nina trockenes Stroh um den ganzen Körper; Nina steckte es an und verbrannte sie so.«

Er liest: »Wieder anderen ...«

Nina dreht sich um. Im Augenwinkel sieht er ein rotes Gesicht zwischen zerwühlten, gelben Haaren. Vom Bürsten ist jedenfalls nicht mehr viel zu sehen.

Er liest: »Wieder anderen und zwar allen, die Nina am Leben lassen wollte …«

»Lass den Scheiß, du Arsch«, sagt sie und packt das Buch.

Er drückt es fest auf die Bettdecke. Er liest: »… schnitt Nina beide Hände ab …« Nina zerrt stärker. Er hält das Buch fester. Er liest: »… hängte sie ihnen um … « Er liest: »… und …« Dann reißt das Buch. Einmal in der Mitte durch, und Nina schleudert ihre Hälfte in die Ecke, wie eine tote Ratte.

Er sagt: »Spinnst du?« Nina atmet schwer. Er sieht sie fassungslos an und sagt: »Jetzt völlig?« Nina atmet. Er packt die Buchseiten, den Pappeinband vom Bett, die Fetzen in der Ecke, stopft alles unter seinen Pulli. Er spürt Panik in sich hochkommen.

»Okay«, sagt er zu Nina, »wenn du nicht willst, les ich eben bei mir weiter. Bis morgen.«

Als Benjamin am nächsten Tag sein Fahrrad vor dem Haus von Ninas Eltern parkt, steht ein Leichenwagen vor der Tür.

Nina und Benjamin sind jetzt seit zwei Wochen und einem Tag zusammen.

Die Spanier stehen auf. Dann kommen sie, die Spanier. Spanische Männer, träge Kerle, schmutzig und verschwitzt unter den eisernen Brustpanzern und Helmen mit dummen Blicken, aufgedunsenen Fingern. Die sind heiß und nass. Halbirr von dem tropischen Fieber, das hier alle Insekten übertragen, hetzen sie über das, was vor Stunden ein Dorf war, wühlen in der warmen Asche. Lassen ihren Schweiß in die Asche tropfen. Lassen das alles, die Hütten und Götter und Leiber wieder und wieder und wieder durch die Finger rinnen. Ein feiner grauer Staub.

Jetzt, wo Ninas Opa tot ist, steht Benjamin ganz nah vor der »Santa Maria«. Er schaut über das leere Deck wie ein kaltes Seeungeheuer, seine Nase berührt das Schiff beinahe. Er riecht den Staub und muss fast niesen. Er möchte pusten. Einfach den ganzen Staub von Deck und von den Segeln pusten. Die Luft ist heute schwer zu atmen, noch schwerer in dem hochgeknöpften, weißen Hemd mit der schwarzen Krawatte, die sein Vater für ihn am eigenen Hals gebunden und dann um den des Jungen zugezogen hat. Es ist gut, zu einer Beerdigung zu gehen. Das treibt die Trauer aus den Knochen. Sagt sein Vater.

Den schwarzen Anzug hat er von einem Freund geborgt, der ihn hatte, weil vor ein paar Monaten seine Schwester gestorben ist.

»Drei Schlaganfälle«, hat Nina immer gesagt, als wäre das in dem Zimmer gar nicht mehr ihr Opa, sondern ein erstaunliches Experiment. An seinem vierten ist er dann gestorben.

Benjamins Hände hängen dumm und ratlos aus den Anzugärmeln. Er möchte pusten, seine Lungen füllen und Staub wegpusten, bis er blau anläuft und rückwärts auf den Teppich knallt.

Der Raum ist muffig, eine Souterraingruft mit dicken dunklen Vorhängen und Fliesenboden. Er weiß nicht, warum er mitgekommen ist.

Nina und er sind jetzt seit drei Wochen zusammen.

Nina ist dramatisch geworden. Sie kann das nicht, aber sie muss das machen, weil sie es sonst für immer bereut. Aber sie kann das eben nicht. Nicht allein. Das hat sie ihm erzählt und ihren Eltern, immer wieder, und jetzt steht er da.

Ninas Eltern sind unruhig wie Geisterbahnbesucher, treten von einem Fuß auf den anderen, als der Bestatter den Deckel hochklappt.

»Oh, Großvater«, ruft die Mutter. Und Benjamin denkt, dass Ninas Opa doch eigentlich der Schwiegervater von Ninas Mutter ist. Nina hängt an seiner Schulter, schaut kurz hin, sieht wieder weg und drückt ihr verrotztes Gesicht an seine Schulter.

Wer behauptet, dass Leichen aussehen, als würden sie schlafen, lügt oder hat noch nie eine gesehen. Ninas Großvater hatte graue Haut, als er noch lebte, dünn wie Butterbrotpapier, mit einem Netz grünblauer Äderchen drunter und sehr lilafarbene Ringe um die Augen. Jetzt ist sein Gesicht beige mit zwei rosafarbenen Flecken, die entschieden zu nahe an der Nase sind, um als rosige Wangen durchzugehen. Und der schlaganfallschiefe Mund ist jetzt eine schmale Linie, die in jedem Winkel eine Kurve nach oben beschreibt, was ein zufriedenes Lächeln sein soll.

Und auf einmal weiß Benjamin, dass es nicht sein kann, dass jemand ewig in seinem Zimmer im Rollstuhl sitzt und dann plötzlich weg ist. Auf einmal weiß er, dass das hier nicht Ninas Opa sein kann. Dass er jetzt sofort zu Ninas Haus laufen und nachsehen muss, ob Ninas Familie ihren Großvater nicht einfach in ein anderes Zimmer gerollt hat, das genauso aussieht wie seines, ein Paralleluniversum, und der Opa fragt sich, warum der Junge ihn nicht mehr besuchen kommt oder hat ihn längst vergessen, oder sie haben einen anderen Jungen gemietet, der ihn jetzt besucht, der sich jetzt die Geschichten von dem beschissenen Eroberer Kolumbus anhört. Dann denkt Benjamin an die verwitwete »Santa Maria«, und seine Augen werden nass. Aber das ist gleich wieder weg, weil Nina mit einem bescheuerten Unterton in der Stimme fragt, ob er auch glaubt, dass es ihm, dem Großvater, da bessergeht, wo er jetzt ist. Dann wird der Sarg mit dem gefälschten Opa drin in den Leichenofen gefahren. Noch mehr Staub in der Welt.

Ninas Opa sagt: »Wo ist mein Buch, dummer Junge.«

Es ist stockdunkel. Ninas Opa ist fort. Es braucht endlose Sekunden, bis er wieder weiß, dass Ninas Opa tot ist. Er rutscht aus einem Bett, das nicht seins ist. Es ist kalt. Er bekommt eine Gänsehaut. Er ist nackt. Die Kälte fasst ihn an. Er krabbelt über den Boden. Er tastet nach einem Ausgang. Er tastet sich an der Wand entlang. Er kratzt über den Teppich, seine Fingernägel scharren über grobe Teppichschlaufen. Er riecht Staub. Er stößt mit dem Kopf gegen eine Türkante.

»Benjamin?«

Er erinnert sich. Nina. Er durfte bei ihr schlafen, ausnahmsweise, weil Beerdigung war. Er rührt sich nicht. Wartet, bis er ihren ruhigen Atem hört. Sie schläft schon wieder.

Er sitzt auf dem Rad. Er fährt nach Hause. Der Mond ist hell, leuchtet bleich einen ganzen Himmel voll geisterhafter Wolken an. Die Nacht ist ein riesiges Nina-Zimmer. Das Rad fährt Schlangenlinien, weil er sich immer wieder mit der Faust auf den Hinterkopf schlägt.

»Hallo benjamin. Du hast nicht auf meine sms geantwortet. Melde dich halt mal oder komm zum fluss. Da bin ich den rest des sommers. Die beerdigu«

»ng hat das ganze geld für den urlaub aufgefressen. Wir fahren also doch nicht nach spanien.«

Nina und Benjamin sind jetzt seit zwei Tagen nicht mehr zusammen.

»Hey benjamin. Weißt du, wie scheiße das von dir ist. Meine eltern fragen auch schon, was jetzt los ist. Erst mit zur beerdigung kommen und dann das. Ich weiß ec«

»ht nicht, was das soll. Was bist du denn für einer?«

Sie sind jetzt seit fünf Tagen nicht mehr zusammen.

»Hallo, hier ist nina. Bist du im urlaub und kannst nicht zurückrufen? Sind wir jetzt nicht mehr zusammen? Oder was?«

Seit acht Tagen nicht mehr zusammen.

»Das ist alles so scheiße. Habe jetzt wen am fluss getroffen. Der sieht echt gut aus. Also, richtig gut.«

Seit zehn Tagen.

Sein Zimmer ist ein lahmer Raum. Ein Kleiderschrank, ein schmales Bett, kein Fickbett wie das bei Nina. Weiße Wände ohne Poster. Ein Jugendlicher ohne Poster ist ein Jugendlicher ohne Interessen, sagt sein Vater. Er habe alle seine Wände voll gehabt mit allem möglichen verrückten Zeug und dafür damals mächtig Ärger von seinen Eltern bekommen. Er meint damit: Ein Jugendlicher ohne Poster ist ein Jugendlicher ohne Herz. Benjamin glaubt, er macht seinem Vater Angst. Er glaubt, sein Vater denkt, dass sein Sohn so eine Art Irrer ist, ein Außenseiter. Nicht so einer wie er wohl war, weil sein Sohn im Sommer nicht an den Fluss geht und im Winter nicht Eishockey spielt. Sein Vater denkt, er wäre einer, der sein Leben verkackt, weil niemand kommt, um mit ihm Rockmusik oder Techno zu hören. Als Benjamin immer bei Nina war, als er mit zur Beerdigung ist, war sein Vater stolz wie sonst was. Dass sein Sohn jetzt fickt oder was er sich vorgestellt hat.

Er liegt auf dem Bett und blättert in den Fetzen von dem Kolumbusbuch. Er macht das jeden Tag, blättert immer wieder zu den Seiten mit dem Mönch. Erst ist er mit den Spaniern über die Inseln gezogen, Indios abschlachten. Dann hat er sich jahrelang Sklaven gehalten, und auf einmal verpfeift er seine alten Erobererfreunde, lässt alle seine Indios frei und rechnet mit der Sklaverei ab, steht da drin. Für Benjamin passt das kein Stück zusammen. Einmal malt er was in das Buch. Eine Zeichnung wie Las Casas, die Faust in die Möse von Nina rammt, und sie beißt ihm die Eier ab. Blut läuft aus Ninas

Mundwinkeln. Und in einer Sprechblase daneben steht: »Und das ist nun der Dank für alles?« Aus Las Casas' Augen laufen graue Bleistifttränen.

Nachts liegt er wach, bis er aufsteht und die Zeichnung rausradiert. Er weiß nicht warum, seine Schulbücher sind voll von solchem Quatsch.

Nina und Benjamin sind jetzt seit zwei Wochen nicht mehr zusammen.

Er klingelt an der Tür. Nina macht auf. Sie ist nicht am Fluss. Sie hat ihren Schlabberjogginganzug an.

»Hallo. Ich will die ›Santa Maria‹«, sagt er und drückt sie an die Seite.

»Die was?«

»Das Schiff von deinem Opa.«

Nina versucht ihn festzuhalten, sie sagt etwas wie »Raus hier!«, aber er stößt schon die Tür zu dem Zimmer von Ninas Opa auf.

Das Schiff ist nicht da. Der ganze Rest, der nutzlose Schreibtisch, das unheimliche Krankenbett, steht noch im Zimmer. Nur die Wand ist leer.

Er denkt, er guckt Nina fragend an. Aber es muss anders aussehen, weil sie ängstlich schaut, wie ein Mädchen, das sich damit abgefunden hat, dass es gleich geschlagen wird oder vergewaltigt.

»Das Schiff ist hinten im Schuppen mit dem anderen Zeug weggeschlossen, und jetzt hau ab«, sagt Nina.

»Kann ich's haben?«

»Spinnst du eigentlich? Meldest dich den ganzen Sommer nicht und kommst dann wegen einem blöden Holzschiff an. Was bist du eigentlich für ein Arsch?«

»Kann ich's haben? Bitte.«

»Ich weiß nicht. Hau ab, hau ab oder …«, sagt Nina, und er merkt, dass sie jetzt richtig Angst vor ihm hat und dass sie gleich weinen wird.

Die Brettertür ist verschlossen. Er kann nicht glauben, was er da tut, er hält einen Spaten in der Hand und weiß nicht, woher er den hat. Er schlägt auf das Schloss ein. Wenn Nina die Polizei ruft, schließen die ihn weg, und sein Vater freut sich, dass der Freak aus seinem Haus raus ist. Das Schloss springt ab. Ein Lichtschalter klickt, Leuchtstoffröhren rasseln im Schummerlicht des Schuppens, als würden Tausende zitternde Käfer versuchen, auf die Beine zu kommen, und er findet die »Santa Maria«. Das Schiff liegt gestrandet auf dem dreckigen Schuppenboden hinter dem Rasenmäher. Hier haben sie ihren Opa begraben, denkt er. Dann greift er sich die »Santa Maria«.

Das Schiff liegt schwer in seinen Armen, er kommt kaum an den Fahrradlenker, seine Beine treten in die Pedale und lassen es auf und ab hüpfen. Die Reling drückt ihm zwischen die Rippen, die Masten stechen nach seinem Gesicht, Staub und Spinnenweben wehen ihm in den Mund, in die Nase, die Augen. Er leckt den Staub von seinen Lippen.

Staub, heißt es, besteht zu 85 Prozent aus Hautschüppchen, aus Menschenresten, aus Ninas Opa.

Er fährt das alles zum Fluss. Er lässt das Rad in den Sand rasseln, fühlt sich auf einmal verfolgt. Er schleppt das Schiff etwas abseits vom Strand, abseits der Leute, durch hohes Gras und wilde Hecken zum Wasser. Er setzt die »Santa Maria« ins Wasser. Er sieht schon, wie der Wind in die kleinen Segel greift, wie der Fluss immer breiter und zum offenen Meer wird. Und der Staub und das Salzwasser vermischen sich auf der monatelangen Fahrt zu Leben. Und der Staub wird wieder zu Ninas Opa oder etwas Besserem. Zu einem gesunden

Opa. Und am Strand von Hispaniola lächelt Las Casas milde und hebt die kleine Karavelle aus dem Wasser.

Benjamin setzt die »Santa Maria« in den Fluss.

Sie kippt um.

»Ein hochseetauglicher Dreimaster, 23,6 Meter lang und knapp acht Meter breit, gebaut ohne einen Plan oder eine Zeichnung, nur mit einem untrüglichen Gespür für Stromlinie und Proportion.«

Sie kippt einfach um, sie kippt zur Seite und geht sofort unter. Benjamin versteht das noch gar nicht, da liegt das Schiff schon auf dem Flussgrund. Das Wasser ist ganz klar und zeigt ihm den Schiffsbauch, wie er auf der Seite liegt, ein hölzernes Grinsen auf dem Flussgrund.

»Was willst du denn schon wieder hier«, fragt Nina. Ihr gelbes Haar ist zerwühlt, sie hat rote Augen. »Was kommst du hierher? Du hast das Boot geklaut. Du hast die Schuppentür«, sie sucht nach dem richtigen Wort, »demoliert. Aufgebrochen. Wo ist das Boot? Du Schwachsinniger.«

»Sie ist einfach untergegangen«, sagt er, »ich weiß auch nicht, was ich hier mache.« Und er will, dass sie sagt, komm rein, du dummer Junge. Er will, dass sie sagt, komm rein, du dummer Junge, und ihn dann auf ihr Bett zieht und sein Ding in sich reinschiebt oder von Kolumbus erzählt. Er will, dass sie noch mal fragt, liebst du mich?

»Du kannst jetzt hier nicht rein«, sagt sie, »ist grad einer da. Wenn du willst, können wir uns die Tage mal am Fluss treffen. Ich weiß echt nicht, wann ich das nächste Mal da bin.« Jetzt weint sie richtig, und Benjamin weiß gar nichts mehr.

Sein Zimmer ist ein lahmer Raum. Ein Kleiderschrank, ein schmales Bett, kein Fickbett. Weiße Wände ohne Poster. Ein

Jugendlicher ohne Poster ist ein Jugendlicher ohne Interessen, hat sein Vater einmal gesagt und gemeint: Ein Jugendlicher ohne Poster ist ein Jugendlicher ohne Herz.

Morgen sind die Sommerferien vorbei. Nina und er sind jetzt seit drei Wochen nicht mehr zusammen. Vor ihm liegt ein Schulheft. »Warum Las Casas ein Wichser ist« steht drauf.

Ein feiner grauer Staub. Sie lassen ihn durch ihre Finger laufen. Die Spanier suchen das Gold, aus dem hier die Straßen sein sollen, aus dem die schmalen Pfade, die schmutzigen Wege zwischen den Hütten aus Holz, Gras und Palmblättern und die Holzgötzen sein sollen. Sie suchen das Gold, das Gott ihnen versprochen hat. Und daneben Las Casas. Die Spanier lachen dumm und stinken nach Blut. Die Spanier sind gar keine Menschen mehr, die Spanier sind gebeugte Tiere mit ihren Schnauzen in der Asche. Und irgendwo weiter weg kniet Las Casas und betet. Oder er steht und kritzelt hastig was in sein Tagebuch. Oder er steht nur da wie hingestellt und hat vergessen zu beten oder sich was zu notieren. Steht nur da, und all das rauscht in ihn rein.

0 0 0 0 0 0 0 0 0 0 0 0 0 0 0 0 0 0 0 0 0 0 0 0 0 0 0 0 0 0 0 0
0 0 0 0 0 0 0 0 0 0 0 0 0 0 0 0 0 0 0 0 0 0 0 0 0 0 0 0 0 0 0 0
0 0 0 0 0 0 0 0 0 0 0 0 0 0 0 0 0 0 0 0 0 0 0 0 0 0 0 0 0 0 0 0
0 0 0 0 0 0 0 0 0 0 0 0 0 0 0 0 0 0 0 0 0 0 0 0 0 0 0 0 0 0 0 0
0 0 0 0 0 0 0 0 0 0 0 0 0 0 0 0 0 0 0 0 0 0 0 0 0 0 0 0 0 0 0 0
0 0 0 0 0 0 0 0 0 0 0 0 0 0 0 0 0 0 0 0 0 0 0 0 0 0 0 0 0 0 0 0
0 0 0 0 0 0 0 0 0 0 0 0 0 0 0 0 0 0 0 0 0 0 0 0 0 0 0 0 0 0 0 0
0 0 0 0 0 0 0 0 0 0 0 0 0 0 0 0 0 0 0 0 0 0 0 0 0 0 0 0 0 0 0 0
0 0 0 0 0 0 0 0 0 0 0 0 0 0 0 0 0 0 0 0 0 0 0 0 0 0 0 0 0 0 0 0
0 0 0 0 0 0 0 0 0 0 0 0 0 0 0 0 0 0 0 0 0 0 0 0 0 0 0 0 0 0 0 0
0 0 0 0 0 0 0 0 0 0 0 0 0 0 0 0 0 0 0 0 0 0 0 0 0 0 0 0 0 0 0 0
0 0 0 0 0 0 0 0 0 0 0 0 0 0 0 0 0 0 0 0 0 0 0 0 0 0 0 0 0 0 0 0
0 0 0 0 0 0 0 0 0 0 0 0 0 0 0 0 0 0 0 0 0 0 0 0 0 0 0 0 0 0 0 0
0 0 0 0 0 0 0 0 0 0 0 0 0 0 0 0 0 0 0 0 0 0 0 0 0 0 0 0 0 0 0 0
0 0 0 0 0 0 0 0 0 0 0 0 0 0 0 0 0 0 0 0 0 0 0 0 0 0 0 0 0 0 0 0
0 0 0 0 0 0 0 0 0 0 0 0 0 0 0 0 0 0 0 0 0 0 0 0 0 0 0 0 0 0 0 0
0 0 0 0 0 0 0 0 0 0 0 0 0 0 0 0 0 0 0 0 0 0 0 0 0 0 0 0 0 0 0 0
0 0 0 0 0 0 0 0 0 0 0 0 0 0 0 0 0 0 0 0 0 0 0 0 0 0 0 0 0 0 0 0
0 0 0 0 0 0 0 0 0 0 0 0 0 0 0 0 0 0 0 0 0 0 0 0 0 0 0 0 0 0 0 0
0 0 0 0 0 0 0 0 0 0 0 0 0 0 0 0 0 0 0 0 0 0 0 0 0 0 0 0 0 0 0 0
0 0 0 0 0 0 0 0 0 0 0 0 0 0 0 0 0 0 0 0 0 0 0 0 0 0 0 0 0 0 0 0
0 0 0 0 0 0 0 0 0 0 0 0 0 0 0 0 0 0 0 0 0 0 0 0 0 0 0 0 0 0 0 0
0 0 0 0 0 0 0 0 0 0 0 0 0 0 0 0 0 0 0 0 0 0 0 0 0 0 0 0 0 0 0 0
0 0 0 0 0 0 0 0 0 0 0 0 0 0 0 0 0 0 0 0 0 0 0 0 0 0 0 0 0 0 0 0
0 0 0 0 0 0 0 0 0 0 0 0 0 0 0 0 0 0 0 0 0 0 0 0 0 0 0 0 0 0 0 0
0 0 0 0 0 0 0 0 0 0 0 0 0 0 0 0 0 0 0 0 0 0 0 0 0 0 0 0 0 0 0 0
0 0 0 0 0 0 0 0 0 0 0 0 0 0 0 0 0 0 0 0 0 0 0 0 0 0 0 0 0 0 0 0
0 0 0 0 0 0 0 0 0 0 0 0 0 0 0 0 0 0 0 0 0 0 0 0 0 0 0 0 0 0 0 0

0 0 0 0 0 0 0 0 0 0 0 0 0 0 0 0 0 0 0 0 0 0 0 0 0 0 0 0 0 0 0 0
0 0 0 0 0 0 0 0 0 0 0 0 0 0 0 0 0 0 0 0 0 0 0 0 0 0 0 0 0 0 0 0
0 0 0 0 0 0 0 0 0 0 0 0 0 0 0 0 0 0 0 0 0 0 0 0 0 0 0 0 0 0 0 0
0 0 0 0 0 0 0 0 0 0 0 0 0 0 0 0 0 0 0 0 0 0 0 0 0 0 0 0 0 0 0 0
0 0 0 0 0 0 0 0 0 0 0 0 0 0 0 0 0 0 0 0 0 0 0 0 0 0 0 0 0 0 0 0
0 0 0 0 0 0 0 0 0 0 0 0 0 0 0 0 0 0 0 0 0 0 0 0 0 0 0 0 0 0 0 0
0 0 0 0 0 0 0 0 0 0 0 0 0 0 0 0 0 0 0 0 0 0 0 0 0 0 0 0 0 0 0 0
0 0 0 0 0 0 0 0 0 0 0 0 0 0 0 0 0 0 0 0 0 0 0 0 0 0 0 0 0 0 0 0
0 0 0 0 0 0 0 0 0 0 0 0 0 0 0 0 0 0 0 0 0 0 0 0 0 0 0 0 0 0 0 0
0 0 0 0 0 0 0 0 0 0 0 0 0 0 0 0 0 0 0 0 0 0 0 0 0 0 0 0 0 0 0 0
0 0 0 0 0 0 0 0 0 0 0 0 0 0 0 0 0 0 0 0 0 0 0 0 0 0 0 0 0 0 0 0
0 0 0 0 0 0 0 0 0 0 0 0 0 0 0 0 0 0 0 0 0 0 0 0 0 0 0 0 0 0 0 0
0 0 0 0 0 0 0 0 0 0 0 0 0 0 0 0 0 0 0 0 0 0 0 0 0 0 0 0 0 0 0 0
0 0 0 0 0 0 0 0 0 0 0 0 0 0 0 0 0 0 0 0 0 0 0 0 0 0 0 0 0 0 0 0
0 0 0 0 0 0 0 0 0 0 0 0 0 0 0 0 0 0 0 0 0 0 0 0 0 0 0 0 0 0 0 0
0 0 0 0 0 0 0 0 0 0 0 0 0 0 0 0 0 0 0 0 0 0 0 0 0 0 0 0 0 0 0 0
0 0 0 0 0 0 0 0 0 0 0 0 0 0 0 0 0 0 0 0 0 0 0 0 0 0 0 0 0 0 0 0
0 0 0 0 0 0 0 0 0 0 0 0 0 0 0 0 0 0 0 0 0 0 0 0 0 0 0 0 0 0 0 0
0 0 0 0 0 0 0 0 0 0 0 0 0 0 0 0 0 0 0 0 0 0 0 0 0 0 0 0 0 0 0 0
0 0 0 0 0 0 0 0 0 0 0 0 0 0 0 0 0 0 0 0 0 0 0 0 0 0 0 0 0 0 0 0
0 0 0 0 0 0 0 0 0 0 0 0 0 0 0 0 0 0 0 0 0 0 0 0 0 0 0 0 0 0 0 0
0 0 0 0 0 0 0 0 0 0 0 0 0 0 0 0 0 0 0 0 0 0 0 0 0 0 0 0 0 0 0 0
0 0 0 0 0 0 0 0 0 0 0 0 0 0 0 0 0 0 0 0 0 0 0 0 0 0 0 0 0 0 0 0
0 0 0 0 0 0 0 0 0 0 0 0 0 0 0 0 0 0 0 0 0 0 0 0 0 0 0 0 0 0 0 0
0 0 0 0 0 0 0 0 0 0 0 0 0 0 0 0 0 0 0 0 0 0 0 0 0 0 0 0 0 0 0 0
0 0 0 0 0 0 0 0 0 0 0 0 0 0 0 0 0 0 0 0 0 0 0 0 0 0 0 0 0 0 0 0
0 0 0 0 0 0 0 0 0 0 0 0 0 0 0 0 0 0 0 0 0 0 0 0 0 0 0 0 0 0 0 0
0 0 0 0 0 0 0 0 0 0 0 0 0 0 0 0 0 0 0 0 0 0 0 0 0 0 0 0 0 0 0 0
0 0 0 0 0 0 0 0 0 0 0 0 0 0 0 0 0 0 0 0 0 0 0 0 0 0 0 0 0 0 0 0
0 0 0 0 0 0 0 0 0 0 0 0 0 0 0 0 0 0 0 0 0 0 0 0 0 0 0 0 0 0 0 0
0 0 0 0 0 0 0 0 0 0 0 0 0 0 0 0 0 0 0 0 0 0 0 0 0 0 0 0 0 0 0 0
0 0 0 0 0 0 0 0 0 0 0 0 0 0 0 0 0 0 0 0 0 0 0 0 0 0 0 0 0 0 0 0

0 0 0 0 0 0 0 0 0 0 0 0 0 0 0 0 0 0 0 0 0 0 0 0 0 0 0 0 0 0 0 0
0 0 0 0 0 0 0 0 0 0 0 0 0 0 0 0 0 0 0 0 0 0 0 0 0 0 0 0 0 0 0 0
0 0 0 0 0 0 0 0 0 0 0 0 0 0 0 0 0 0 0 0 0 0 0 0 0 0 0 0 0 0 0 0
0 0 0 0 0 0 0 0 0 0 0 0 0 0 0 0 0 0 0 0 0 0 0 0 0 0 0 0 0 0 0 0

0 0 0 0 0 0 0 0 0 0 0 0 0 0 0 0 0 0 0 0 0 0 0 0 0 0 0 0 0 0 0 0
0 0 0 0 0 0 0 0 0 0 0 0 0 0 0 0 0 0 0 0 0 0 0 0 0 0 0 0 0 0 0 0
0 0 0 0 0 0 0 0 0 0 0 0 0 0 0 0 0 0 0 0 0 0 0 0 0 0 0 0 0 0 0 0
0 0 0 0 0 0 0 0 0 0 0 0 0 0 0 0 0 0 0 0 0 0 0 0 0 0 0 0 0 0 0 0
0 0 0 0 0 0 0 0 0 0 0 0 0 0 0 0 0 0 0 0 0 0 0 0 0 0 0 0 0 0 0 0
0 0 0 0 0 0 0 0 0 0 0 0 0 0 0 0 0 0 0 0 0 0 0 0 0 0 0 0 0 0 0 0
0 0 0 0 0 0 0 0 0 0 0 0 0 0 0 0 0 0 0 0 0 0 0 0 0 0 0 0 0 0 0 0
0 0 0 0 0 0 0 0 0 0 0 0 0 0 0 0 0 0 0 0 0 0 0 0 0 0 0 0 0 0 0 0
0 0 0 0 0 0 0 0 0 0 0 0 0 0 0 0 0 0 0 0 0 0 0 0 0 0 0 0 0 0 0 0
0 0 0 0 0 0 0 0 0 0 0 0 0 0 0 0 0 0 0 0 0 0 0 0 0 0 0 0 0 0 0 0
0 0 0 0 0 0 0 0 0 0 0 0 0 0 0 0 0 0 0 0 0 0 0 0 0 0 0 0 0 0 0 0
0 0 0 0 0 0 0 0 0 0 0 0 0 0 0 0 0 0 0 0 0 0 0 0 0 0 0 0 0 0 0 0
0 0 0 0 0 0 0 0 0 0 0 0 0 0 0 0 0 0 0 0 0 0 0 0 0 0 0 0 0 0 0 0
0 0 0 0 0 0 0 0 0 0 0 0 0 0 0 0 0 0 0 0 0 0 0 0 0 0 0 0 0 0 0 0
0 0 0 0 0 0 0 0 0 0 0 0 0 0 0 0 0 0 0 0 0 0 0 0 0 0 0 0 0 0 0 0
0 0 0 0 0 0 0 0 0 0 0 0 0 0 0 0 0 0 0 0 0 0 0 0 0 0 0 0 0 0 0 0
0 0 0 0 0 0 0 0 0 0 0 0 0 0 0 0 0 0 0 0 0 0 0 0 0 0 0 0 0 0 0 0
0 0 0 0 0 0 0 0 0 0 0 0 0 0 0 0 0 0 0 0 0 0 0 0 0 0 0 0 0 0 0 0
0 0 0 0 0 0 0 0 0 0 0 0 0 0 0 0 0 0 0 0 0 0 0 0 0 0 0 0 0 0 0 0
0 0 0 0 0 0 0 0 0 0 0 0 0 0 0 0 0 0 0 0 0 0 0 0 0 0 0 0 0 0 0 0
0 0 0 0 0 0 0 0 0 0 0 0 0 0 0 0 0 0 0 0 0 0 0 0 0 0 0 0 0 0 0 0
0 0 0 0 0 0 0 0 0 0 0 0 0 0 0 0 0 0 0 0 0 0 0 0 0 0 0 0 0 0 0 0
0 0 0 0 0 0 0 0 0 0 0 0 0 0 0 0 0 0 0 0 0 0 0 0 0 0 0 0 0 0 0 0
0 0 0 0 0 0 0 0 0 0 0 0 0 0 0 0 0 0 0 0 0 0 0 0 0 0 0 0 0 0 0 0
0 0 0 0 0 0 0 0 0 0 0 0 0 0 0 0 0 0 0 0 0 0 0 0 0 0 0 0 0 0 0 0
0 0 0 0 0 0 0 0 0 0 0 0 0 0 0 0 0 0 0 0 0 0 0 0 0 0 0 0 0 0 0 0
0 0 0 0 0 0 0 0 0 0 0 0 0 0 0 0 0 0 0 0 0 0 0 0 0 0 0 0 0 0 0 0

0 0 0 0 0 0 0 0 0 0 0 0 0 0 0 0 0 0 0 0 0 0 0 0 0 0 0 0 0 0 0 0
0 0 0 0 0 0 0 0 0 0 0 0 0 0 0 0 0 0 0 0 0 0 0 0 0 0 0 0 0 0 0 0
0 0 0 0 0 0 0 0 0 0 0 0 0 0 0 0 0 0 0 0 0 0 0 0 0 0 0 0 0 0 0 0
0 0 0 0 0 0 0 0 0 0 0 0 0 0 0 0 0 0 0 0 0 0 0 0 0 0 0 0 0 0 0 0
0 0 0 0 0 0 0 0 0 0 0 0 0 0 0 0 0 0 0 0 0 0 0 0 0 0 0 0 0 0 0 0

0 0 0 0 0 0 0 0 0 0 0 0 0 0 0 0 0 0 0 0 0 0 0 0 0 0 0 0 0 0 0 0
0 0 0 0 0 0 0 0 0 0 0 0 0 0 0 0 0 0 0 0 0 0 0 0 0 0 0 0 0 0 0 0
0 0 0 0 0 0 0 0 0 0 0 0 0 0 0 0 0 0 0 0 0 0 0 0 0 0 0 0 0 0 0 0
0 0 0 0 0 0 0 0 0 0 0 0 0 0 0 0 0 0 0 0 0 0 0 0 0 0 0 0 0 0 0 0
0 0 0 0 0 0 0 0 0 0 0 0 0 0 0 0 0 0 0 0 0 0 0 0 0 0 0 0 0 0 0 0
0 0 0 0 0 0 0 0 0 0 0 0 0 0 0 0 0 0 0 0 0 0 0 0 0 0 0 0 0 0 0 0
0 0 0 0 0 0 0 0 0 0 0 0 0 0 0 0 0 0 0 0 0 0 0 0 0 0 0 0 0 0 0 0
0 0 0 0 0 0 0 0 0 0 0 0 0 0 0 0 0 0 0 0 0 0 0 0 0 0 0 0 0 0 0 0
0 0 0 0 0 0 0 0 0 0 0 0 0 0 0 0 0 0 0 0 0 0 0 0 0 0 0 0 0 0 0 0
0 0 0 0 0 0 0 0 0 0 0 0 0 0 0 0 0 0 0 0 0 0 0 0 0 0 0 0 0 0 0 0
0 0 0 0 0 0 0 0 0 0 0 0 0 0 0 0 0 0 0 0 0 0 0 0 0 0 0 0 0 0 0 0
0 0 0 0 0 0 0 0 0 0 0 0 0 0 0 0 0 0 0 0 0 0 0 0 0 0 0 0 0 0 0 0
0 0 0 0 0 0 0 0 0 0 0 0 0 0 0 0 0 0 0 0 0 0 0 0 0 0 0 0 0 0 0 0
0 0 0 0 0 0 0 0 0 0 0 0 0 0 0 0 0 0 0 0 0 0 0 0 0 0 0 0 0 0 0 0
0 0 0 0 0 0 0 0 0 0 0 0 0 0 0 0 0 0 0 0 0 0 0 0 0 0 0 0 0 0 0 0
0 0 0 0 0 0 0 0 0 0 0 0 0 0 0 0 0 0 0 0 0 0 0 0 0 0 0 0 0 0 0 0

0 0 0 0 0 0 0 0 0 0 0 0 0 0 0 0 0 0 0 0 0 0 0 0 0 0 0 0 0 0 0 0
0 0 0 0 0 0 0 0 0 0 0 0 0 0 0 0 0 0 0 0 0 0 0 0 0 0 0 0 0 0 0 0
0 0 0 0 0 0 0 0 0 0 0 0 0 0 0 0 0 0 0 0 0 0 0 0 0 0 0 0 0 0 0 0
0 0 0 0 0 0 0 0 0 0 0 0 0 0 0 0 0 0 0 0 0 0 0 0 0 0 0 0 0 0 0 0
0 0 0 0 0 0 0 0 0 0 0 0 0 0 0 0 0 0 0 0 0 0 0 0 0 0 0 0 0 0 0 0
0 0 0 0 0 0 0 0 0 0 0 0 0 0 0 0 0 0 0 0 0 0 0 0 0 0 0 0 0 0 0 0
0 0 0 0 0 0 0 0 0 0 0 0 0 0 0 0 0 0 0 0 0 0 0 0 0 0 0 0 0 0 0 0
0 0 0 0 0 0 0 0 0 0 0 0 0 0 0 0 0 0 0 0 0 0 0 0 0 0 0 0 0 0 0 0

0 0 0 0 0 0 0 0 0 0 0 0 0 0 0 0 0 0 0 0 0 0 0 0 0 0 0 0 0 0 0 0
0 0 0 0 0 0 0 0 0 0 0 0 0 0 0 0 0 0 0 0 0 0 0 0 0 0 0 0 0 0 0 0
0 0 0 0 0 0 0 0 0 0 0 0 0 0 0 0 0 0 0 0 0 0 0 0 0 0 0 0 0 0 0 0
0 0 0 0 0 0 0 0 0 0 0 0 0 0 0 0 0 0 0 0 0 0 0 0 0 0 0 0 0 0 0 0

0 0 0 0 0 0 0 0 0 0 0 0 0 0 0 0 0 0 0 0 0 0 0 0 0 0 0 0 0 0 0 0
0 0 0 0 0 0 0 0 0 0 0 0 0 0 0 0 0 0 0 0 0 0 0 0 0 0 0 0 0 0 0 0

0 0 0 0 0 0 0 0 0 0 0 0 0 0 0 0 0 0 0 0 0 0 0 0 0 0 0 0 0 0 0 0

0 0 0 0 0 0 0 0 0 0 0 0 0 0 0 0

0 0 0 0 0 0 0 0

0 0 0 0

0 0

0

Zoo

Der Zoo ist voller Menschen. Der Zoo ist dicht gedrängt voll mit Menschen. Im Zoo sind mehr Menschen als Tiere.

Sie hat ihren Kopf in den Nacken gelegt.

Sie guckt zu den Rodriguez-Flughunden hoch. Ihr blonder Zopf pinselt ihr zwischen den Schulterblättern herum, während sie mit ihren Rehaugen die Tiere ansieht. Feucht glänzende Hundenasen, unverwandt starrende Stecknadelköpfe, große, tote Gummiflügel, wie Decken um die Mausekörper geschlagen. Wie schwarzbraune Früchte hängen sie dicht an dicht im Baum.

»Guck mal, die schämen sich«, sagt er.

»Das ist keine Scham, das ist ihre ganz natürliche Schlafstellung. So ist ihre Natur. Sie entscheiden sich nicht dafür, auf diese Art ihre Schwingen um den Körper zu legen. Flughunde sind so, Benjamin. Ich habe darüber gelesen«, sagt sie und schaut ihn mitleidig an. »Ich weiß, irgendwie wünscht man sich immer, dass wir alle gemeinsam in einem großen Plan des Lebens koexistieren. Dass alle gleich fühlen und reagieren. Aber die Wahrheit ist, das meiste passiert einfach. Flughunde zum Beispiel, die schlafen nun mal einfach so. Da läuft ein Millionen Jahre altes Programm ab. Da ist nichts, was mit Schämen oder sonst welchen menschelnden Regungen zu tun hat, die wir gerne in die Tierwelt hineinprojizieren. Ich weiß, du wolltest das nicht tun, Benjamin, du hast das nicht so gemeint. So bist du nicht. Aber ich habe mal gelesen, wer ein Tier vermenschlicht, vergewaltigt es seelisch.«

Die Affen sind lahm. Sie haben den Affen eine Banane mitgebracht. Er wollte sehen, wie ein Affe mit seinen unheimlichen Menschenhänden eine Banane pellt oder sie von ihm aus auch einfach komplett mit Schale in sein Maul drückt. Er wollte das gemeinsam mit ihr sehen und gemeinsam mit ihr den Affen auslachen. Jetzt steht er still vor einem Gehege voller Affen, die still im Staub hocken und mit ihren braunen Augen ins Nichts schauen. Jetzt findet er, dass die Tiere banal sind. Dass so banale Affen keine Banane wert sind. Er hofft, dass sie die Banane nicht anspricht. Dass die Banane bei diesen Affen kein Thema ist und dass sie das insgeheim genauso sieht. Aber er ist sich nicht sicher.

Das Krokodil liegt träge im Wasser. Hinter ihnen drängelt sich ein steter Strom von Menschen, der ihre Körper hin und her wiegt. Kinder, Eltern, Rentner schieben die beiden nach links und rechts zur Seite, drücken sich zwischen sie, um auch einen Platz am Geländer zu kriegen.

»Was geht wohl in so einem Tier vor, wenn es da schwimmt? Wenn es Stunden und Tage einfach so im Wasser treibt?«, fragt sie. »Warum entscheidet es sich, ein paar Zentimeter nach links zu paddeln, wieder minutenlang rumzutreiben, sich dann so ein bisschen zu drehen? Man denkt ja oft nicht darüber nach. Aber solche Dinge gehören vermutlich zu den großen Mysterien des Universums. Klar, bestimmt gibt es zu so was auch Studien. Es gibt ja zu allem Studien. Aber soll ich dir was sagen: Ich glaube nicht, dass Studien den Kern der Sache berühren. Ich glaube, es gibt Millionen Dinge, die größer sind als Studien.«

»Wenn hier einer reinfällt, ist er auf jeden Fall tot«, sagt er.

»Es gibt eine Studie, in der geklärt wurde, warum Spechte keine Kopfschmerzen bekommen. Wusstest du das?«, sagt sie.

»Ist das nicht verrückt, dass sich der Mensch so sehr an den Tieren abarbeitet?«

»Glaubst du, die denken den ganzen Tag ans Töten?«, fragt er.

»Die Spechte?«

»Die Krokodile.«

Sie haucht in ihre Hand und riecht ihren Atem.

»Bist du auch so hungrig?«, fragt sie.

Im Zoorestaurant sitzen die Ausflügler und essen. Eine Familie, Eltern mit ihren zwei Kindern, betet vor Tellern mit Pommes frites.

»Hast du das gesehen? Ich finde das irgendwie schön. Ungewöhnlich, aber schön. Findest du nicht auch?«, fragt sie.

»Krokodile haben ganz schön aggressive Haken auf ihren Rücken. Glaubst du, die wissen das?«, fragt sie und steckt sich eine Pommes in den Mund.

»Die können das ja nicht sehen oder mal dran fühlen«, sagt sie und spuckt, ohne es zu merken, ein Stückchen Pommes auf den Tisch. »Es muss komisch sein, wenn man nicht jeden Zentimeter seines Körpers berühren kann. Manchmal glaube ich, dass der Wunsch nach Erkenntnis damit beginnt, dass man die Fähigkeit hat, seinen Körper vollständig zu ertasten. Und dass man dann auch noch den Rest der Welt ganz und gar erfahren möchte.«

Auf dem Tisch liegt ein Stück ausgespuckte Pommes.

»Es gibt eine Stelle auf deinem Rücken zwischen den Schulterblättern, die du nicht berühren kannst«, sagt er. »Kann keiner. Außer die Gummimenschen aus dem Chinesischen Staatszirkus vielleicht.«

»Echt?« Lachend verbiegt sie die Arme hinter ihrem Rücken. »Oh«, sagt sie. Und dann: »Schau mal.« Sie dreht ihm den Rücken zu und zeigt, wie sich ihre Zeigefinger zwischen den Schulterblättern treffen.

»Darf ich dir eine Geschichte erzählen?«, fragt sie. »Ich hatte mal eine Zootierpatenschaft. Ich weiß auch nicht, warum mir das gerade jetzt einfällt. Es war keins von den großen Tieren, die jeder sofort mit dem Zoo assoziiert, weil meine Eltern nicht so viel Geld hatten. Zumindest damals noch nicht. Warte mal, wie hieß es denn noch? Es hatte was von einem Biber, aber auch ein bisschen was vor einer Ratte. Also, stell dir eine sehr niedliche Ratte mit großen Hasenzähnen vor. Wenn ich kurz an etwas anderes denke, fällt's mir wieder ein. Vielleicht sollten wir ... ach ja: Präriehund. Ein Präriehund. Ich durfte mir einen Namen ausdenken und hatte sogar eine Urkunde, in die ich ihn eintragen durfte. Stundenlang habe ich den Namen schönschreiben geübt, bevor ich mich getraut habe, ihn in der Urkunde einzutragen. Du musst mir versprechen, nicht zu lachen, wenn ich dir den Namen verrate. Bist du bereit? Verkneif dir das Lachen. Es ist aber auch wirklich sehr, sehr witzig. Aber du darfst trotzdem nicht lachen. Das ist das Spiel. Bist du bereit? Okay: Ich habe ihn Windi genannt. Windi. Verstehst du? Weil er so schnell wie der Wind war. Immer, wenn wir ihn besucht haben, ist er wie irr durch den Käfig geflitzt und Papa hat gesagt: Schau, er begrüßt dich. Mir war natürlich schon damals klar, dass die den ganzen Tag so herumrennen und ihm, also meinem Vater, vermutlich auch. Aber ich fand es trotzdem nett von meinem Vater, dass er das gesagt hat. Wir sind in der Zeit ziemlich häufig in den Zoo gefahren. Na ja, ich muss zugeben, mein Vater hat mich damals ziemlich bedrängt, dass wir immer zu Windi müssten oder dass ich allein den Bus zu Windi nehmen soll. Dass ich für ein solches Tier auch Verantwortung übernehmen müsse.

Wie eine richtige Patentante eben. Obwohl meine Patentante ... aber egal. Er nannte es den Zootag. Ständig war Zootag. Wir sind so oft in den Zoo gefahren, dass ich manchmal auf dem Weg dahin die ganze Fahrt über geweint habe. Irgendwann ging's dann aber nicht mehr zu Windi. Und ich muss gestehen, dass ich irgendwie insgeheim froh war, als es vorbei war. Ja, so sind Kinder, oder? Ich habe ewig nicht mehr daran gedacht. Eigentlich bis eben.«

»Er ist gestorben«, sagt er.

»Was?«

»Dein Windhund. Er ist gestorben. Und deine Eltern wollten dir den Verlust ersparen.«

Das Krokodil bewegt sich nicht. Er sagt nichts. Sie sagen nichts. Stehen einfach so da und starren auf das Reptil im Wasser. Er spürt, dass sie das nervös macht. Dass sie sich fragt, warum man noch einmal zurück zum Krokodil gehen musste, wo man die Pandabären, die Kängurus und die Pinguine noch gar nicht gesehen hat. Aber sie ist zu rücksichtsvoll, um das zu sagen.

Stattdessen sagt sie: »Das waren ja wirklich gute Pommes frites, oder?«

Stattdessen sagt sie: »Normalerweise bekommt man ja in Parks kaum so auf den Punkt gegartes Frittiergut.«

Stattdessen sagt sie: »Wenn man so viele Tiere um sich hat, kommt man sich ein kleines bisschen vor wie in einer Fabel, oder?«

Stattdessen sagt sie: »Tja, das Krokodil bewegt sich nicht.«

Stattdessen lacht sie: »Warum auch, es gibt ja nicht gerade viel, was es hier zu erledigen hätte, oder?«

Stattdessen sagt sie: »Was glaubst du, warum sich das Krokodil nicht bewegt?«

»Willst du mal was sehen?«, fragt er.

»Gerne, wohin willst du gehen?«

Er sieht sie an. Er zieht die Banane aus der Tasche. Er hebt sie über den Kopf wie einen Schlagstock. Sie schreckt in diesem Moment wirklich zurück, als hätte sie Angst, dass er sie mit einer Banane schlagen würde. Dann holt er aus und schleudert die Banane auf das Krokodil. Es macht ein dumpfes Geräusch. Ein enttäuschter Laut. So als würde in großer Entfernung jemand mit der flachen Hand auf ein Sofakissen schlagen. Die Banane liegt krumm und gelb auf dem Rücken des Reptils. Das Mädchen sieht ihn staunend an. Das Krokodil bewegt sich nicht.

Dann beginnt der Tumult.

Okay, ich hab noch einen Benjamin-Witz. Geht Benjamin über eine Straße. Du merkst schon. Jetzt wird's klassisch. Der Bürgersteig ist voll mit Menschen. Und er geht bei Rot rüber. Über die rote Ampel. Kein Problem. Das Auto, das um die Ecke kommt, hat er natürlich längst gesehen. Aber das kleine Mädchen hinter ihm, das ihm nachgelaufen kommt, hat er nicht gesehen. Er geht bei Rot rüber. Und die Kleine schaut nicht nach links oder rechts, rennt ihm einfach hinterher. Dann kreischen die Reifen. Und irgendein Passant kreischt auch. »Halt!« ruft er, aber seine Stimme klingt schrill wie von einem Schulmädchen. Die Stimme des Mannes vermischt sich vollkommen mit dem Lärm der Reifen. Dann ist es still. Und da, wo eben noch das Mädchen auf der Straße stand, steht ein Auto mit einer zitternden Frau hinterm Steuer. Ganz witzig: Sie sieht ziemlich genau aus wie die Frau, die auf Seite 79 unter der S-Bahn gelandet ist. Aber das bemerkt Benjamin natürlich alles gar nicht, weil der längst in der Menge verschwunden ist. Als er die Sirenen hört, ist er schon halb im Supermarkt. Na? Wie war der?

Was du da hast, ist nichts Gefährliches. Bloß ein harmloser Atavismus, ein evolutionäres Überbleibsel, das sich bei allen Menschen in den Genen versteckt hält. Nur bei dir ist es zum Vorschein gekommen. Bei dir hat es sich gezeigt. Man könnte auch sagen, du bist etwas Besonderes.

Bringen Sie Ihre Atmung und Ihre Bewegungen in Einklang

Atmen Sie tief ein, atmen Sie bis hinunter in den Bauch, tief in den Bauch. Halten Sie den Atem dort für eine Weile.

Als ich acht oder neun bin, spielen Simon und ich ein Spiel, das Steineregen heißt. Einen Sommer lang verdrücken wir uns jeden Nachmittag auf einen der Feldwege am Dorfrand und fangen an, wie verrückt Steine zu sammeln. Dann stellen wir uns ganz dicht zusammen, Rücken an Rücken, und werfen sie so gerade und so hoch in die Luft, wie wir können. Dann lassen wir uns auf den sandiggrauen Boden fallen, ziehen unsere Köpfe zwischen die Schultern und die Arme vors Gesicht.

Spüren Sie jetzt, wie der Atem Ihre Lungen ganz ausfüllt. Stellen Sie sich Ihren Atem jetzt als eine kleine Sonne vor, einen warmen Ball in Ihrem Bauch.

Dann prasseln die Steine auf uns nieder. Ein Steinhagel, jeder Brocken härter als unsere Arme und Beine, härter als unsere Rücken und Köpfe und die Knochen darunter.

Ich bin ein ziemlich guter Erwachsener. Ich halte meine Wohnung sauber, gehe ins Fitnessstudio und ernähre mich bewusst. Ich habe im letzten Jahr keinen Tag bei der Arbeit gefehlt. Ich beschwere mich scherzhaft über unbezahlte Überstunden und schenke Kollegen ein natürliches Lächeln.

Ich entspanne mich beim Yoga. Ich entspanne mich jetzt gerade beim Yoga. Ich war auch ein gutes Kind, denke ich. Ich habe Dinge gemacht, die ich heute in Cocktailbars mit einem Augenzwinkern meinen Geschäftspartnern erzählen kann. Ich bin ein guter Erwachsener, weil ich die richtigen Geschichten kenne.

Wir werfen die Steine in die Luft, die sich da oben in Geschosse verwandeln. Wir rollen uns zusammen, und dann schlagen sie ein. Zehn, zwanzig Staubwölkchen um uns herum, die wir nicht sehen, weil wir die Augenlider fest zusammengepresst haben. Zehn, zwanzig dumpfe Geräusche, kurz hintereinander, ein Prasseln, das wir genau hören, weil wir in dem Moment nur Haut und Ohren sind. Eine Haut, die damit rechnet, Schmerz zu spüren, und Ohren, die nach dem Aufschrei des anderen horchen.

Jetzt atmen Sie aus und lassen Sie die Sonne langsam Ihren Hals hinaufsteigen, lassen Sie den warmen orangefarbenen Ball in Ihrem Mund und in Ihrem Kopf aufgehen.

Ich mache Geschäftsreisen. Ich esse Riesensteaks in Texas, Borschtsch in Moskau und fühle mich verloren in Tokio. Ich liege in Hotels auf Betten und bezahle für Pornokanäle, um mich nicht krank zu fühlen, rühre aber die Minibar nie an. Manchmal, wenn das Essen lang gedauert und die Hotelbar schon geschlossen hat, kommt ein Geschäftstermin noch mit auf mein Zimmer. Dann öffne ich den kleinen Kühlschrank, der neben meinem Bett surrt, sage, dass ich eigentlich nie etwas aus der Minibar nehme und erzähle eine Geschichte. Zum Beispiel die, in der ich als Kind mal Strohrum aus dem verspiegelten Schnapsschränkchen des Vaters genommen und einen Schluck davon getrunken habe. Dann lacht der Geschäftstermin und erzählt die gleiche Geschichte mit einer anderen Sorte Alkohol. Ich kann meine Strohrumgeschichte auf Deutsch, Englisch, Spanisch und in wackligem Russisch erzählen. Für die Russen tausche ich den Strohrum gegen Wodka aus. Ich habe das einmal ausprobiert. Es kommt gut an. Ich habe haufenweise Geschichten.

Und nun bewegen Sie den Kopf langsam nach rechts, bringen Sie Ihre Bewegungen mit Ihrem Atem in Einklang, Kopf nach links … ausatmen, zur Mitte … einatmen, nach rechts … ausatmen, zur Mitte … einatmen. Versuchen Sie, aus diesem Ablauf eine langsame, fließende Bewegung werden zu lassen. Atmen Sie langsam und tief.

Nach dem Steineregen gehen wir in den Partykeller von Simons Eltern. Abba-Poster und Tierköpfe hängen an vertäfelten Wänden, Barhocker stehen vor einer klebrigen Theke. Es riecht nach feuchten Teppichen und altem Rauch. Wir spielen Actionfiguren. Abwechselnd ist einer von uns ein blonder, muskelbepackter Plastikmann mit Ritterfrisur und Lendenschurz, der andere eine lilafarbene Figur mit einem schlechtezähnegelben Schädel statt einem normalen Gesicht. Jeder eine Figur in der Hand, lassen wir die zwei immer wieder aufeinanderknallen. Wir wollen beide immer den Blonden spielen, obwohl wir glauben, dass der Schädelmann mächtiger ist.

Wenn das langweilig wird, spielen wir Hexe. Einer ist ein normaler Mann, der in einer Telefonzelle ein Gespräch mit seiner Ehefrau führt, gerade ein Auto einparkt oder auf einer Parkbank sitzt und eine Zeitung liest. Der andere ist eine Hexe auf der Suche nach Menschenfleisch. Sie hat sich als

Junge getarnt, um unentdeckt durch die bewohnten Straßen zu schleichen.

Meine Geschäftspartner schreiben E-Mails an meine Chefs, wie wunderbar man sich mit mir amüsieren könne. Meine Chefs kommen zu mir und gratulieren. Meine Chefs erzählen mir von der amüsanten Strohrumgeschichte, die ihnen ein Geschäftspartner weitererzählt habe, und knuffen mir kumpelhaft in die Seite. Ich sei ja ein schlimmer Finger gewesen als Kind. Ich sei ja aber auch ein grandioser Angestellter heute. Ich solle, wenn ich das nicht schon längst täte, langsam mal anfangen, Vielfliegermeilen zu sammeln. Ich würde nämlich viel rumkommen in nächster Zeit.

Nach links … ausatmen, zur Mitte … einatmen, nach rechts … ausatmen, zur Mitte … einatmen. Spüren Sie dabei Ihren Hinterkopf. Lassen Sie Ihren Kopf ganz schwer werden. Spüren Sie jede Stelle, an der Ihr Kopf in der Bewegung den Boden berührt.

Wenn die Hexe ein Opfer gefunden hat, ist das Opfer ganz unwissend, vertieft in die Zeitung oder in ein Telefonat oder in die Armaturen des Wagens. Dann schlägt sie zu, packt ihr Opfer, hält ihm den Mund zu und schleift es in die nahegelegene Höhle. Dort zeigt sie ihr wahres Gesicht. Das Opfer ist starr vor Schreck, und sie kann mit ihm machen, was sie will. Die Hexe dreht den Mann auf den Bauch und zieht ihm die Hose herunter. Dann legt sie ein Ohr auf den warmen Hintern ihres Opfers, sagt, was für ein schönes Stück Speck. Dann dreht sie das Opfer um, streicht langsam mit der Hand die Innenseite der Schenkel hinauf, schaut sich alles genau an und sagt, das wird mir schmecken.

Simons Mutter drückt die Türklinke herunter. Simon? Benjamin? Sie klopft an die Tür, fragt, ob wir hier drin seien. Sie fragt, warum wir abgeschlossen haben. Hastig ziehe ich meine Hose hoch. Meine Hände zittern, meine Gürtelschnalle klickt verräterisch, wir verstecken uns hinter der Bar und halten den Atem an. Sie sagt, wir sollen aufmachen. Sie sagt, wir sollen sofort aufmachen. Sie fragt, was wir da drinnen anstellen. Sie fragt, ob wir da drinnen von dem Alkohol trinken würden. Wir sehen uns an. Wir gehen zur Tür, machen sie auf und lassen uns dafür ausschimpfen, dass wir aus den Flaschen getrunken haben.

Ich liege auf einem Bett in einem klimatisierten Hotelzimmer in einer Stadt in Südamerika. Es ist Nacht, und ich höre nichts als das Summen der Klimaanlage und das leise gedrehte Ächzen und Stöhnen der asiatischen Lesbierinnen aus dem Pornokanal. Ich bewege meine Hände vor meinem Gesicht, und das blaue Licht des Fernsehers lässt sie aussehen wie die Hände einer Leiche. Ich stelle mir vor, wie das Blut aufgehört hat, durch meine Adern zu strömen, wie die Haut ganz kalt ist und die Zellen, die roten und weißen Blutkörperchen sich auf dem Grund der Venen und Arterien zu einem dicken Schlamm abgesetzt haben und nur noch das Plasma durchsichtig und träge in mir schwappt. Dann klingelt das Telefon, ich hebe ab, der Empfang sagt, dass mein Taxi jetzt da sei, und ich steige zurück in meinen Anzug.

Wir stehen auf dem Feldweg und spielen Steineregen. Wir werden nie getroffen, das wissen wir. Wir sammeln größere, spitzere Steine. Wir lassen uns nicht mehr auf den staubigen Boden fallen. Wir werfen die Steine hoch und sehen ihnen nach, sehen, wie sie in den blauen Sommerhimmel aufsteigen wie ein Schwarm schwarzer Vögel, wie sie zu kleinen Stecknadelköpfen vor der blendenden Sonne werden, wie sie ihren Flug verlangsamen und schließlich runterkommen als ein Geschwader schwarzer Projektile. Es ist das letzte Mal, dass wir Steineregen spielen.

Füllen Sie Ihre Lungen noch einmal mit Sauerstoff. Heben Sie dabei langsam die Arme über den Kopf. Bringen Sie Ihre Atmung mit Ihren Bewegungen in Einklang.

Die Steine prasseln auf uns herunter. Simon und ich haben unsere Blicke starr in den Himmel gerichtet. Dann lässt mich ein Geräusch zusammenzucken. Ein trockener, dumpfer Laut. Ein endgültiges Geräusch. Ein Schlag auf einen Sack voll Murmeln.

Arme über den Kopf … einatmen. Senken Sie die Arme … ausatmen. Heben Sie die Arme … und einatmen.

Es ist ein schöner Tag. Es riecht nach Sonne und Erde. Ich drehe mich zu Simon um. Ich schaue ihn an. Da brüllt ein Mann. Da steigt ein Mann aus einem Auto und brüllt. Ich schaue Simon an, schaue in graue Augen. Und Simon schaut mich an. Der Mann brüllt. Ein Spinnennetz aus feinen Rissen zieht sich über die Windschutzscheibe seines Wagens.

Wir können nichts sagen, wir können dem Mann nichts sagen. Wir können dem Mann das Spiel nicht erklären. Wir können den Eltern das Spiel nicht erklären. Wir wollen nie wieder Steineregen spielen. Wir sprechen uns nicht ab. Das brauchen wir nicht. Wir wollen nie wieder Steineregen spielen. Und wir wollen nie wieder Hexe spielen.

Und nun atmen Sie aus und aus und aus.

Ich bin ein guter Erwachsener, weil ich nicke und lächle, weil ich in Flugzeuge und Taxis steige, weil ich arbeite und arbeite. Ich bin ein guter Erwachsener, weil ich die richtigen Geschichten erzähle.

Ich atme aus und aus und aus.

Fürchte dich nicht, bei den ersten Anzeichen einer Migräne, einer Hyperglykämie, eines epileptischen Anfalls. Denn es gibt ein halbes Dutzend Apotheken in deinem Viertel und einen ganzen Bürgersteig voll ausgebildeter Ersthelfer.

Fast schon ein Freiticket zu einer charakterbildenden Erfahrung, wenn du mit deinem Fahrrad stürzt und der Bordstein deinen Schädel knacken lässt. Schließlich ist jedes Krankenhaus in deiner Nähe ein Unikrankenhaus voll mit Spezialisten, die nicht nur heilen, sondern auch lehren.

Es ist nicht schlimm, dass du plötzlich nichts mehr sehen kannst, weil eine Ader in deinem Kopf geplatzt ist. Wenn du wieder aufwachst, wird ein Neurochirurg von Weltrang neben deinem Bett sitzen und dir das Daumen-hoch-Zeichen geben.

Kein Grund zur Panik, wenn du bei Rot über eine Ampel gehst und ein schwarzer Wagen in deinen weichen Körper fährt, Knochen bricht, Muskeln quetscht und Organe zerreißt. Die nächste Intensivstation ist ja nur ein paar Krankenwagenminuten entfernt.

Überall Blut. Überall dein Blut. Zähne. Haut. Blanke Knochen.

Kein Problem, wenn auf der Straße dein Herz aussetzt, deine Lungen kollabieren, dein Magen durchbricht, weil immer jemand mit einem Mobiltelefon in deiner Nähe ist.

Überall verdammtes Blut. Verdammte Zähne. Verdammte Haut. Verdammte blanke Knochen.

Kennt irgendwer die Geschichte von dem Schüler, der auf der Abifahrt nach Italien mit den anderen aus seinem Jahrgang unter einem Jahrtausende alten, römischen Bogen durchgeht, ein Stein löst sich aus dem Gemäuer und killt ihn? Als wäre der Ewigkeit plötzlich ein blöder Witz eingefallen.

Halb so schlimm, wenn deine Lungen kollabieren.

Halb so schlimm, wenn eine Ader in deinem Kopf platzt.

Wirklich, wirklich halb so schlimm, wenn dein Herz aussetzt.

Kennt jemand die Geschichte von dem kleinen Jungen, der zu seinem Großvater geht?

»Mir ist langweilig«, sagt dieser Junge.

»Keine Angst«, antwortet der Großvater leise, »es dauert ja nicht allzu lang.«

Ach ja, bevor das ganz vergessen wird: In Wahrheit war Hauke gar nicht in Australien. Hauke ist bei einem Unfall gestorben. Ein Lastwagen hat ihn überfahren, als er mit seinem BMX-Rad über die Bundesstraße ist. Er war sofort tot. Das habe ich aber erst ein paar Jahre später erfahren. Aber das ist gar kein Problem. Das ist Jahre her. Meine Eltern sind auch schon tot.

Atavismen

I

»Schieben Sie abends vor dem Schlafengehen auch wirklich die Sicherheitsriegel vor die Tür? Aus Paris, K&S«

Es geht nicht, wenn du an Mädchen denkst.

Es geht einfach nicht.

Völlig unmöglich.

Du kannst es versuchen.

Es geht nicht, wenn du an den Spalt denkst. Die Haare darum, stumpf und struppig oder glänzend, weich und zart wie Kaninchenfell. Wie auch immer.

Es geht nicht, wenn du dir ihre Dinger vorstellst. Flache oder große. Hängende mit uferlosen, rosafarbenen Nippeln. Kleine feste mit harten, fliederfarbenen. Oder ganz steif vor Kälte.

Oder sonst was.

Denk dran.

Bringt nichts.

Ein unauflöslicher Widerspruch, eine Wissenschaft für sich. Es geht nur, wenn du deinen Kopf vollkommen leer machst.

Vollkommen.

Die reinste Meditation.

»Lassen Sie unter allen Umständen jeden Abend alle Fenster und Rollos herunter. Aus Venedig, K&S«

»Denken Sie auch immer daran, abends die Alarmanlage einzuschalten? Aus Moskau, K&S«

Ich hatte gedacht, auf das Haus von Fremden aufzupassen, ist einfach. Die Post aus dem Briefkasten holen, die Katze rauslassen, den Rasen mähen, die Katze füttern, Anrufe beantworten, vielleicht mal eine kaputte Glühbirne austauschen, die Katze wieder reinlassen, die Beete harken, die Katze begutachten, ihre Pfoten, ihr langes, seidiges Fell. Die Ballen und Zwischenräume mit einem weichen Schwamm reinigen, wenn sie abends hereinkommt. Das Fell mit einer Bürste auskämmen, auf der »FURminator deLuxe« steht.

Haussitting, ein Superjob. Kaum was zu tun. Fernsehen, rumhängen, fertig. Hab ich gedacht. Von wegen.

Allein das Fernsehen. Soll ich im Wohnzimmer auf dem Sessel sitzen, oder darf ich es mir auf der weißen Ledercouch bequem machen? Und wenn ja, ist es okay, wenn ich mich drauflege? Füße hoch oder runter? Darf ich meinen Kopf auf die Kissen mit dem knubbeligen Naturseidebezug legen? Machen die das? Was sind das für Menschen? Wie benutzen die all die Sachen in ihrem riesigen Haus? Diese Tonnen von Dingen, die sie angehäuft haben. Hier ist in jedem einzelnen Raum so viel wie bei mir insgesamt.

In einem fremden Haus wie diesem zu sein ist nicht leicht. Es ist wie diese Mutprobe, bei der man im Frühling über einen zugefrorenen See geht. Tauwetter. Schneeglöckchen, die ihre Köpfe rausstecken. Strahlender Sonnenschein. Posterwetter. Aber du glotzt nur auf das Eis, die hauchdünnen Risse. Alles, was nicht in Ordnung ist mit dem Eis. Das Styroporquietschen, das Glucksen, die wabernden Luftblasen unter deinen Füßen. Der Frühling ist dir egal, du willst nur nicht einbrechen in diese unheimliche Gegenwelt unter dem Spiegel.

Lebensmittel. Durfte ich nur die im Kühlschrank aufbrauchen, oder kann ich mich auch über die Vorräte in der Vorratskammer hermachen? Wann hat man schon mal die

Chance, glitschige Muscheln aus dem Glas zu probieren oder schwarze Fischeier in eishockeypuckförmigen Minidosen? Verstaubte Weinflaschen, riesige Fleischstücke, die noch am Knochen hängen. Dieses ganze Zeug gibt es hier.

Und das mit den Badezimmern. Es gibt das Gästebad mit Dusche, das direkt von meinem Zimmer abgeht. Aber den Flur runter, letzte Tür links wartet eine Riesenbadewanne mit Whirlpoolfunktion im marmorgefliesten Luxusbad. Glauben die wirklich, dass ich da widerstehen kann? Und wenn ich schon mal da bin. Darf ich nur das Shampoo benutzen? Oder auch das Rasierwasser? Und ist es okay, wenn ich mir manchmal die Sauna im Keller einheize?

Aber am schlimmsten ist Margarita. So heißt die Putzfrau. Alle paar Tage taucht sie auf und macht sauber. Sie feudelt den Boden, wedelt die Regale ab. Die ganze Zeit schüttelt sie dabei fast unmerklich den Kopf auf ihrem faltigen Hals, führt flüsterleise Selbstgespräche auf Spanisch. Geräusche, als würde trockenes Laub über die Fliesen geweht.

Sie hat eine platte Ureinwohnernase passend zu ihrer Sprache. Spanisch, die Sprache der Voodoopriester und Kannibalen. Margaritas Vorvorvorvorvorfahre ganz oben auf einer dieser Stufenpyramiden, eine dunkelrote Sonne im Rücken, einen abgehackten Kopf in der Hand, ein grausamer Inkaherrscher, der das Blut seiner Feinde trinkt.

Am Ende lässt sie immer ein paar Lebensmittel mitgehen. Die Hausherren haben mir mit verschwörerischem Unterton gesagt, ich solle darauf achtgeben, dass Margarita hier auch ja alles ordentlich macht. Aber das haben sie ihr bestimmt auch gesteckt.

»Der Kamin hat einen Fehler. Besser nicht benutzen. Aus Jerusalem, K&S«

In den ersten Wochen kamen ständig diese Karten an.

»Vorsicht mit dem Fernseher. Er ist kompliziert. Aus Neu-Delhi, K&S«

»Im Keller funktioniert die Flurbeleuchtung nicht. Nichts anfassen. Es liegt nicht an der Glühbirne. Das macht ein Handwerker. Aus Bangkok, K&S«

»Schließen sie abends wirklich alle Fenster und Rollos. Aus Peking, K&S«

»Schließen Sie abends wirklich wirklich immer alle Fenster und Rollos? Aus Peking, K&S«

Fast jeden Morgen lagen diese Karten im Briefkasten. Manchmal zwei an einem Tag. Es waren diese »By night«-Postkarten. Pechschwarze Rechtecke. »London by night«, »Moscow by night«, »Beijing by night«. Keine Ahnung, warum die nicht einfach E-Mails geschickt haben. Dann hörte es auf. Einfach so. Dafür kann es alle möglichen Gründe geben. Vielleicht sind sie alles losgeworden. Vielleicht haben sie gemerkt, dass ihr Postkartenhumor ganz schön bekloppt ist. Vielleicht sind die beiden auch irgendwo verloren gegangen. Abgestürzt mit einer kleinen Propellermaschine. In irgendeinem Dschungel. Mit zerfetzten Kleidern und gespaltenen Fingernägeln. Allein. Verängstigt. Verloren.

Ich harke den Garten. Ich beginne damit, mit dem Rechen das Laub auf dem Rasen zusammenzukehren. Genau genommen ist es nicht viel Laub mitten im Sommer. Nur einige gelbe und karamellfarbene Blätter. Sie stammen von einem merkwürdig aussehenden Bäumchen.

»Der Baum im Garten ist krank. Nichts versuchen. Herr Clausen kommt. Aus Hongkong, K&S«

Auf dem Küchentisch liegt eine lange Liste mit Namen. Neben »Herr Clausen« steht »Gartenarchitekt«. Herr Clausen kümmert sich also um den Garten. Herr Nowak ist für die Einbaugeräte in Küche und Wäschekammer verantwortlich, Herr Spoerl für den Computer im Arbeitszimmer, Herr Pannek für Fernseher und Satellitenschüssel. Herrn Schneider von der Versicherung soll ich anrufen, wenn ein Missgeschick passiert. Herr Weber ist der Tierarzt.

Ich nehme das Laub und stopfe es mit den dafür vorgesehenen Gartenarbeitshandschuhen an den Händen in die dafür vorgesehenen kompostierbaren Plastiksäcke. Dann kommen die Beete dran.

»Sollten Sie sich bei manchen Pflanzen nicht sicher sein, ob sie Unkraut sind: Stehen lassen! Aus Melbourne, K&S«

Ich arbeite auf Knien. Zuerst zupfe ich die toten Blätter aus den Büschen, Blumen und Farnen, dann wühle ich mit einem Handgrubber, dessen Stiel aus demselben Tropenholz besteht wie der des Rechens, Laub und Unkraut zwischen den Pflanzen aus der dunklen Erde.

Abends gucke ich auf dem riesigen Flachbildschirm im Wohnzimmer Satellitenfernsehen. Neben dem Fernseher liegt eine laminierte Bedienungsanleitung. Eigentlich schaue ich mir gar nichts an. Die Satellitenanlage empfängt mehr als achthundert Programme. Ich zappe nur einmal durch alle Sender und schaue, was das All mir auf den Bildschirm schickt. Draußen bellt ein Hund so lange, dass er klingt wie eine Maschine.

Am nächsten Morgen wache ich früh auf. Nur in Unterhose gehe ich in den Garten, um mir mein gestriges Werk anzusehen. Sauber gestutzte Rasenkanten, die Beete in gleichmäßigen Wellen geharkt, alle Ausreißer an den Büschen mit einer winzigen Gartenschere zurückgestutzt. Und dazwischen ich. Nur der Baum stört das Bild. Er ist ein merkwürdig verwachsenes Gebilde. Der Stamm voller Knicke, als hätte er

Probleme gehabt, sich zu entscheiden, wohin er wachsen will. Seine Rinde glänzt seiden, ist aber trotzdem voller tiefer Furchen, wie bei einem uralten Baum. Über Nacht hat er wieder ein paar von seinen Blättern auf den Rasen fallen lassen, und ich merke, wie ich das persönlich nehme. Er trägt lilafarbene Knospen, die an den kahlen Ästen albern aussehen. Er ist kaum schulterhoch, sein Stamm dünner als mein Unterarm. Es wäre leicht, kurzen Prozess zu machen.

Von Raum zu Raum gehe ich durch die leeren Zimmer. Ich öffne Schränke und schaue unter Betten und hinter Türen. Ich prüfe die fremden Gerüche in jedem Zimmer, merke mir die Geräusche der verschiedenen Böden. Dann schiebe ich den Sicherheitsriegel der Haustür vor, lasse die Rollos herunter, schalte die Alarmanlage an, lege mich auf das klebrig-kalte Ledersofa und horche, wann Margarita kommt. Als sie wieder weg ist, warte ich auf den Abend.

Nach einer unruhigen Nacht stehe ich wieder vor dem Baum. Ich habe beim Einschlafen an ihn gedacht. Ich habe beim Aufwachen an ihn gedacht. Auf dem Rasen liegen neue Blätter. Er hat es schon wieder getan. Der Garten liegt noch im Schatten zwischen seinen hohen Hecken, der kurze Rasen ist angenehm kühl und stopplig unter den Füßen. Ein merkwürdiger Druck liegt auf meiner Brust. Meine Hände stecken in Gartenhandschuhen. Wie um bei dem, was als Nächstes kommt, keine Fingerabdrücke zu hinterlassen.

Die Sonne klettert über die Hecken. Bevor die Strahlen auf irgendwas anderes fallen, streifen sie die oberen Äste der halbkahlen Baumkrone. Und dann passiert es. Die Blätter öffnen sich in dem orangegelben Licht. Öffnen sich echt. Ganz zaghaft. Einmal entlang ihrer Achse klappen sie auf und fangen ein leuchtendes Grün. Erst jetzt fällt mir ihre besondere Form auf. Die Blätter sehen aus wie Gefieder oder die Hände von sanftmütigen Außerirdischen.

Ein Wagen kommt die Auffahrt des Nachbarhauses hoch. Autotüren werden aufgestoßen und zugeschlagen. Ein Hund bellt. Dann ist da eine Mädchenstimme.

»Ich halte das echt nicht aus«, mault sie. »Schaut mich an. So kann ich mich wohl kaum im Freibad sehen lassen.«

»Das ist in ein paar Tagen wieder abgeklungen«, sagt ein Mann. »Wenn wir drinnen sind, macht deine Mutter dir Umschläge. Du hast es eben einfach übertrieben.«

Unbeeindruckt fährt der Baum damit fort, seine Blätter zu öffnen. Ohne darüber nachzudenken, mache ich eine Geste, die bei einem Menschen bedeutet hätte, dass er kurz warten soll, und spähe durch einen Spalt in der Hecke. Das Mädchen trägt nichts als einen Bikini. Sie hat einen ziemlichen Sonnenbrand. Ihre Haut ist knallrot, sieht aber trotzdem gut aus. Irgendeine Lotion verleiht ihrem ganzen Körper einen seidenen Glanz. Ich habe noch nie einen so kleinen Bikini gesehen. Der Stoff, der ihren Po bedecken soll, hat sich in die Ritze verkrochen. Nichts zu sehen als ein dünnes Bändchen, das vorne ein Stoffdreieck über den Schritt zieht.

Damit es nicht scheuert, denke ich.

Um ihre Klamotten nicht mit der Creme einzusauen, denke ich.

Ich will daran riechen, denke ich.

Eine weiche Verpackung, ein paar Knochen, Muskeln, eine Handvoll Organe. Ich hatte als Kind kein Haustier und erwische mich ständig dabei, wie ich es kaum fassen kann, dass so wenig Material schon ein lebendiges Wesen mit eigenen Vorlieben und Plänen ergeben kann. In Unterhose und

Socken liege ich auf dem weißen Ledersofa und sehe fern. Diana hat es sich auf meinem Bauch bequem gemacht. Die Augen zu Schlitzen verengt, sorgt sie dafür, dass ich einen bestimmten Punkt zwischen ihren Augen kraule. Irgendwo ist da ein kleines Gehirn zwischen den spitz zulaufenden Eichhörnchenohren, das einen Gedanken dazu fasst, wie ich mit meinen Fingerspitzen in sanften Kreisen durch ihr langes Fell streiche.

Diana ist eine Norwegische Waldkatze, grau getigert mit weißen Pfoten, vielleicht das Doppelte von einem fetten amerikanischen Stadtparkeichhörnchen und mit einem absurd buschigen Schwanz, der so groß ist wie der Rest ihres Körpers.

»Vorsicht mit dem Katzenfell. Es ist sehr empfindlich. Bei Problemen: Herr Weber. Aus Wellington, K&S«

Sie rutscht auf mir herum, bis sich ihr biegsamer Körper mit meinem Rippenbogen arrangiert hat. Im Rhythmus ihrer gurgelnden Schnurrgeräusche fährt sie ihre Krallen in meine Brust und zurück in die Pfoten. In den ersten Tagen hat sie sich noch vor mir unter den Möbeln versteckt. Mittlerweile geht es. Auch wenn ich nicht viel Erfahrung mit Tieren habe, kann ich Diana gut leiden. Ich rede mit ihr. Gut, dass sie nicht Funny, Schnurri oder Tapsi heißt. So klingen meine Selbstgespräche ein bisschen weniger wie Selbstgespräche.

Wir sehen fern.

Wir sehen indische Musikvideos. Klick.

Eine äthiopische Nachrichtensendung. Klick.

Eine peruanische Quizshow.

Wir fangen uns einen neuen Satelliten – auf dem Dach verändert die Schüssel mit einem Surren ihre Ausrichtung – und sehen eine moldawische Familienserie. Klick.

Kakerlakenrennen. Familienzusammenführung in irgendeiner Steppe. Vermummter Mann, der ein automatisches Gewehr vor der Kamera schüttelt. Heimwerkershow, in der ein Haus aus plattgedrückten Hundefutterdosen gebaut wird. »Das ist einfach genial«, wiederholt der Moderator immer wieder in gebrochenem Englisch.

Wir bleiben bei einer holländischen Sendung hängen, bei der die Kandidaten fünftausend Euro gewinnen können, wenn sie sich mit einem Todkranken anfreunden. Während ich die Splitscreenfunktion ausprobiere und drei weitere Programme auf den riesigen Schirm hole, führt der übergewichtige Moderator im puddinghaften Leierton aller Niederländer ein Flüsterinterview mit einer ebenfalls übergewichtigen Frau, die in einem weißen Krankenbett liegt. Das soll pietätvoll wirken, führt aber nur dazu, dass die Regie den Ton so weit aufdrehen muss, dass man das Desinteresse des Kamerateams mithören kann. Um die beiden Akteure herum stehen viel zu viele, viel zu protzige Blumensträuße. Mit diesem Arrangement wollen die Macher der Show den Zuschauern signalisieren, dass es sich bei der Kranken um einen sympathischen Menschen handelt, der die Liebe und Freundschaft der Zuschauer genauso wert ist wie jeder andere. Später entdecke ich zwei der Sträuße bei einer anderen Visite des Moderators im Hintergrund.

Du denkst nicht daran.

Du denkst an nichts.

Du liegst auf dem schmalen Gästebett und denkst nicht daran.

Dein Blick verliert sich im Zimmerdunkel.

Du denkst nicht an das komische Aquarell von einem Haus zwischen Tannen, das an der Wand hängt. Nicht an die getäfelte Zimmerdecke.

Du denkst an nichts.

Nicht an die Wand, das Bild.

Nicht an die Decke.

Du bist gar nicht hier.

Du denkst nicht an den schmalen Spalt zwischen den Tapetenbahnen, nicht an die Stelle, wo das Muster für den Bruchteil eines Millimeters aussetzt.

Daran zu denken wäre besser als an den schmalen Spalt zwischen den Pobacken des Nachbarmädchens, aber nicht besser als an nichts.

Nichts ist besser.

Du denkst an nichts.

Du denkst nicht daran, wie dein Penis brennt, jedes Mal wenn du die empfindliche Haut hochschiebst. Nicht daran, wie die Vorhaut taub wird. Immer schon. Wie es Dinge gibt, an die man sich einfach nicht gewöhnen kann. Das Zerren, Schieben, Quetschen, Brennen. Die Schmerzen.

Du denkst daran, nicht daran zu denken.

Dann passiert es endlich. Dann wird dein ganzer Kopf hell wie ein Kurzschluss.

Als würde eine sanfte Druckwelle deinen Kopf leeren und nichts als Licht zurücklassen.

Als würde dein ganzer Verstand innerhalb einer Blitzsekunde in das Stück Fleisch in deiner Faust und zurück teleportiert. Und für diesen kurzen Moment bleibt in deinem Kopf nur diese Helligkeit. Nur dieses kurze Aufatmen. Diese Erlösung. Als dürfte deine Seele für einen Augenblick ihren Körper verlassen.

Dann versuchst du den Moment zu packen, wie du das Ding gepackt hältst. Aber wenn du damit anfängst, ist er schon längst weg. Ist er immer.

Es bleiben nur ein wenig Sperma an deinen Fingern und etwas Blut in deiner Hand.

Das Wunderbäumchen mit den Alienhänden macht mir ernste Sorgen. Es ist fast kahl. Einige der Knospen sind aufgeplatzt, klebrige braune Fasern hängen heraus. Der Baumarzt hat sich noch immer nicht gemeldet. Ich streiche über die Rinde, flüstere dem Baum ein paar aufmunternde Worte zu. Genau. Öfter mal mit Pflanzen sprechen. Alles klar.

Weil es nichts gibt, was ich für das Bäumchen tun kann, wässere ich die anderen Pflanzen. Aus der türkisen Handbrause, die ich an den ebensofarbenen Gartenschlauch angeschlossen habe, verteilt sich ein feuchter Nebel über die Pflanzen. Ein Miniaturregenbogen begleitet die feinen Wassertröpfchen, die sich auf den Blättern zu dicken, sonnendurchsponnenen Perlen zusammentun. Jeder Strauch hat andere Blätter, andere kleine Skelette, die sich vom Stängel bis in die Spitze verästeln, eine andere Oberfläche, einige rauer, andere glatter, manchmal mit einem weichen Pelz behaart. Die Blätter unterscheiden sich sogar bei Gewächsen der gleichen Art, von Pflanze zu Pflanze. Und auf jedem Blatt führen die Tropfen einen anderen Tanz auf.

Als ich fertig bin, wirkt alles im Garten satt und grün, nur das Bäumchen scheint in der Sonne zu verbrennen. Es wird sterben, denke ich und überlege, wie man einen Baum rettet, was man tut, wenn es zum Schlimmsten kommt. Ich weiß, wie man einen Menschen rettet. Ich habe die Krankenhausserien gesehen. Herzmassage, Röhrenschnitt, Defibrillator, Organtransplantation, Strahlentherapie. Aber wie man einen Baum wiederbeleben soll, zeigt einem keiner. Ich habe mal davon gehört, dass ein Mann seinen Schäferhund Mund-zu-Schnauze zurück ins Leben geholt hat, und bin erschrocken, wie wenig wir mit Bäumen gemein haben.

Ich will gerade ins Haus gehen, um im Internet nach Erste-Hilfe-Maßnahmen für Bäume zu schauen, als nebenan eine Tür klappt. Ich höre leise Musik. Ich lege den Schlauch ins Gras und gehe vorsichtig zur Hecke. Durch einen Spalt zwischen zwei Gewächsen kann ich das Mädchen sehen. Sie trägt denselben Bikini wie am Tag zuvor. Ihre Haut ist immer noch rot verbrannt. Aber jetzt ist ihr Körper voller Hautfetzen, die sich in großen Stücken abpellen. Das Mädchen zieht eine Liege in den Schatten, legt sich drauf und beginnt auf einem Handy herumzutippen. Die Musik kommt aus den Kopfhörern in ihren Ohren.

Sie sieht sehr jung aus. Vielleicht 13, höchstens 15. Ihre Beine sind lang und dünn, ihre Taille schmal, die Hüften kaum breiter. Ein Vogelmenschenkörper. Spitze Schulterblätter, kantige Beckenknochen und knubbelige Knie. Doch unter ihrem Bikinioberteil wölben sich zwei straff aussehende Brüste. Ich spüre, wie sich mein Ding in der Hose bewegt. Ich muss mich um den Baum kümmern. Ich muss das Bäumchen retten.

Die Wände in dem Büro sind voller Bücher. Fast alle Buchrücken sind schwarz, anthrazit, erdfarben. Der schwarze Metallkasten unter dem antiken Schreibtisch wirkt wie eine fremde Lebensform. Eine laminierte Bedienungsanleitung liegt auf ihm. Ich drücke den Powerknopf in der Mitte der dunklen Front, und der Lüfter nimmt einen asthmatischen Atemzug.

Ich tippe »Bäumchen« und »Krankheit« in die Suchmaschine, überlege es mir dann anders. Mache aus »Bäumchen« ein »Baum«. Der erste Eintrag ist ein Artikel über einen Baummann. Einen 33-jährigen Indonesier, dessen Hände und Füße sich aufgrund einer einzigartigen Hautkrankheit in borkige Klumpen verwandelt haben.

Ich muss die Suche einschränken. Ich stelle mir einen Baumliebhaber vor, der gerade den Stolz seines Schrebergartens verliert und verzweifelt in einem Forum um Expertenrat bittet. Ich gebe »seltener Baum«, »welke Blätter« und »Sommer« ein und stoße auf einen Artikel, in dem ich einen Stamm mit großen Löchern sehe. Sie sind von dem asiatischen Laubholzbockkäfer, der per Gemüsefrachter nach Europa eingeschifft wurde, hier keine natürlichen Feinde hat und jetzt langsam, aber sicher die unvorbereitete heimische Flora erledigt. Ich öffne ein zweites Browserfenster und suche ein Bild von dem Käfer. Er sieht aus wie jeder andere.

Ich tippe »tropische Pflanzen« und »heimischer Garten« in das Suchfeld und bekomme drei nutzlose Treffer. Die Suchmaschine empfiehlt mir, bei meinen durchdachten Wendungen die Anführungszeichen wegzulassen, und auf einmal habe ich mehr als zwanzigtausend Treffer.

Diana schiebt sich durch den Türspalt, springt gelassen auf den Schreibtisch, marschiert einmal quer über die Tastatur, als sei sie ein Katzenlaufsteg, wobei sie »y<dec vtzg m9o_: iq^=S4DR GNI7BV« in das Suchfeld eingibt und tatsächlich mit ihrem letzten Schritt die Returntaste drückt. Kein Ergebnis. Das rastlose Suchprogramm fragt mich, ob ich nicht eigentlich »ydec vzg m9o_:iq^=S4DR GNI7BV« suchen würde, während sich Diana auf meinen Schoß schmiegt.

»Na«, sage ich zu ihr, »wollen wir mal schauen, was das Internet über dich weiß?«

Ich zeige ihr Bilder von anderen Norwegischen Waldkatzen, die sie kaltlassen, und tippe schließlich ihren Namen in ein Onlinelexikon.

Der Computer spuckt eine ganze Reihe von Bedeutungen aus: römische Jagdgöttin, Asteroid, Mondkrater, eine unterirdische Waffenfabrik im Zweiten Weltkrieg, Musical, Fotokamera, Luftgewehrhersteller, italienischer Fußballer, spanischer Dramatiker, ein Forschungsprojekt der US-Armee, ein hessisches Verkehrsinformationssystem, vier Städte in den USA und ein Ortsteil einer Gemeinde in Unterfranken.

Ich gebe den Namen bei einer Bildersuchmaschine ein und bekomme seitenweise die gleiche Aufnahme. Das Wrack einer Limousine. Bis ich auf ein Foto stoße, auf dem eine Prinzessin ohne Höschen unter dem Rock aus einem Auto aussteigt. Die Prinzessin ist in dem verunglückten Wagen in einem Pariser Tunnel gestorben. Vermutlich ist sie das auf dem Foto nicht einmal. Das Bild ist unscharf, sie hat ihren Kopf gesenkt. Man sieht kein Gesicht, nur eine Frisur. Ich bekomme einen Steifen. Die Diana auf meinem Schoß verlagert ihr Gewicht, um sich mit meiner Erektion zu arrangieren. Ich verscheuche die Katze aus der Bibliothek und schließe die Tür.

Du betrachtest das Ding. Wie es wächst. Und da ist wieder diese leise Angst, dass etwas Schlimmes passiert. Dass du dich weiter verwandeln könntest.

Du bist der Baummensch.

Es reckt sich dir entgegen. Zwischen den scharfen Reißverschlusskanten. Ein rotblauer Stängel Fleisch in einem Reißverschlussmaul.

Was rausschaut, klemmst du zwischen Daumen, Ring- und Mittelfinger.

Du kannst dich gar nicht mehr daran erinnern, wie es vorher war. Bevor du das hier so sehr wolltest. Immer hast du Angst, dass jemand dich so sieht. Dass du ganz und gar hierzu wirst.

Du betrachtest das Bild.

Du betrachtest dein Ding.

Die Frisur, die Stelle zwischen ihren Beinen.

Ihr vom Computer verstümmeltes Geschlecht.

Eigentlich kannst du rein gar nichts erkennen.

Nicht die Prinzessin.

Nicht die Scheide.

Vielleicht ist es auch ein hautfarbenes Höschen.

Und plötzlich denkst du an das Bikinidreieck des Nachbarmädchens.

Das ist nicht recht.

Das ist alles nicht recht.

Das weißt du.

Du kommst zum Computerschirm vorgebeugt. Unüberlegt. Das Zeug verschmiert das Polster des Bürostuhls, dein Schamhaar, dein T-Shirt, die Jeans. Du schaust auf das Bild der Frau im Wagen. Von einer Sekunde auf die andere sagt es dir nichts mehr. Es ekelt dich an.

Du schließt das Browserfenster.

Du willst Klopapier holen.

Du öffnest die Tür.

Diana sitzt davor. Sie huscht hinein.

Wie ein Pinguin watschelst du zum Badezimmer, die Hose halb heruntergelassen.

Du wischst dich mit Klopapier ab. Etwas davon bleibt an deinem Ding kleben. Und die kleinen Papierinseln auf deinem Fleisch färben sich rot von deinem Blut.

Als du mit der Rolle ankommst, sitzt Diana auf dem Stuhl und leckt dein Sperma vom Sitzpolster. Sie schnurrt.

Du schlägst die Katze.

Du schlägst sie so, dass sie mit Menschengekreisch vom Sitz gefegt wird. So, dass sie nicht auf ihren Pfoten landet.

Diana sieht dich an, als hätte sie gerade für immer aufgehört, dir zu vertrauen, und rennt aus dem Zimmer.

Margaritas vorwurfsvoller Blick streift mich, während sie den Küchenboden um mich herum wischt. Ich stehe in Unterhose im Türrahmen und denke an die Cornflakes, die ich gerade essen wollte. Auf dem Cerankochfeld sind Krümel von Gartenerde, Margarita zupft kopfschüttelnd einen Grashalm von der Kühlschranktür.

»Ich kann das selbst wegmachen«, sage ich mit vollem Mund.

»Dios mio«, antwortet Margarita und lässt eine Salve von Silben auf mich los. »Si tú fueras mi hijo te daría un par de nalgadas. Qué haces aquí exáctamente durante todo el día? Pareces un chico bien, conciente de lo que haces. Deberías encontrarte con amigos. Siempre que vengo, andas por ahí. Esto no puede ser.«

Ich verstehe kein Wort, also nicke ich.

»Blablabla«, macht sie und winkt augenrollend ab. Dann beugt sie sich wieder über ihren Schrubber, nuschelt noch: »Pero el jardín es verdaderamente maravilloso.«

Ich mache mir eine Schüssel Cornflakes und gehe auf die Veranda. Im Nachbargarten wird eine Schiebetür zugeschlagen.

»Na komm, leg dich hierhin«, sagt die Stimme des Mädchens sanft. Ich schleiche mich an den Spalt in der Hecke und sehe, wie sie sich auf eine Liege fallen lässt. Am Fußende dreht sich ihr Hund einmal um die eigene Achse und rollt sich zusammen. Er ist ein Klischee von einem Collie, in den Lassiefarben Karamell und Cremeweiß. Irgendwie schön, zwei Körper zu betrachten, die so ruhig nebeneinanderliegen, denke ich und stelle mir im nächsten Moment vor, wie der Bauch des Mädchens in der Sonne riecht. Ich darf solche Sachen nicht denken. Sie ist höchstens 15. Benimm dich nicht wie ein Kinderschänder. Ich kann nicht aufhören, sie anzuschauen. Da taucht Diana zwischen meinen Füßen auf. Mit dem Selbstverständnis, mit dem ein Theaterschauspieler durch den Vorhang auf die Bühne schlüpft, huscht sie durch die Hecke und steht in dem fremden Garten. Ein herausforderndes Miauen erledigt den Rest. Das Mädchen setzt sich auf, sieht erst die Katze an und dann mich. Dann sieht Lassie Diana. Der Hund springt auf und rennt kläffend auf sie zu. Die Zähne gefletscht, als hätte er Tollwut. Ein Hund, der den Verstand verloren hat. Ich will Diana packen und auf meinen Arm retten. Aber als ich versuche, sie zu greifen, kratzt sie mich und ist schon weg, während ich durch die Hecke auf den Nachbarrasen stolpere, wobei ich den schmalen Spalt zu einem fransigen Loch voller abgebrochener Äste aufreiße. Die Katze ist weg, der Hund hinterher.

»Bei Fuß«, ruft sie. Lassie kommt tatsächlich zu ihr und nimmt schnaufend zu ihren Füßen Platz. Aber Diana ist weg.

Unsere Blicke treffen sich noch einmal, und sie hält schützend die Hände vor ihr Bikinioberteil.

»Diana«, rufe ich, schlüpfe zurück auf meine Seite der Hecke und renne ins Haus. Ich schließe die Verandatür hinter mir ab und lasse rasselnd alle Rollos runter.

Im Fernseher läuft eine japanische Gerichtsserie. Das Wohnzimmer spiegelt sich in den großen Panoramascheiben, eine Geisterkopie des echten Raums mit einem Gespenst darin, das auf dem Sofa liegt wie ich. Diana ist noch nicht zurück. Vielleicht lässt sie sich zur Abwechslung mal bei den Nachbarn durchfüttern. Am Ende der Verhandlung gehen alle wild kreischend aufeinander los. Der Richter schlägt dem Staatsanwalt mit seinem Hammer die Nase blutig, während der Strafverteidiger einen Zeugen mit ein paar Kung-Fu-Hieben dazu bewegt, endlich mit der Wahrheit herauszurücken.

Du denkst an nichts.

Der weiche Bauch.

Du denkst an nichts.
Die dünnen Schenkel.
Denk nicht daran.
Die reinste Meditation.
Sich spaltendes Fleisch.
Denk nicht daran.
Die verschwundene Katze.
Denknichtdaran.
Denknichtdaran.
Denknichtdaran.

Nachts wecken mich Geräusche aus dem Garten. Leises Schnauben, leises Fiepen oder Pfeifen. Eine Art Schaben und Schubbern. Rupfen. Geräusche, die mich aus dem Bett aufstehen lassen. Ich bin verschwitzt. Ich habe eine Gänsehaut. Ich lasse eines der Rollos hochrattern und schaue in den Garten. Ich sehe etwas. Ich verstehe nicht, was. Ein kleiner Schatten auf dem Rasen. An manchen Stellen ähnelt er einer Katze. An anderen überhaupt nicht. Ich öffne die Tür. Das Metall des Griffes ist kühl, meine Fingerspitzen fühlen sich taub an –

– raus in den Garten, raue Pflastersteine unter den Fußsohlen. Meine Brustwarzen stellen sich in der kühlen Nachtluft auf, mein Penis zieht sich in der Unterhose zusammen. Der Schatten hebt sein Köpfchen und sieht mich an. Der Schatten steht langsam auf und macht ein paar Schritte auf mich zu –

– zieht dabei das hinter sich her, was nicht nach Katze aussieht, taumelt und fällt wieder hin. Nicht mal ein Geräusch macht das, so klein ist der Körper. Ich komme näher –

– ich knie mich neben Diana. Und erst jetzt verstehe ich, dass sie verletzt ist. Ihr Schnäuzchen ist voller Blut, ihr Brustkorb hebt und senkt sich schnell, eine rote Blase bildet sich in ihrem Mundwinkel und platzt. Sie versucht aufzustehen, doch es geht nicht –

– erst als ich sie anfasse und aufheben will, verstehe ich. Erst als ich den hektisch atmenden Körper an mich drücken will und sie leise aufwimmert, kapiere ich, was da an ihr hängt. Ein dünnes, langes Ding. Ein Etwas in blutiger Soße. Dass ihre Innereien aus ihr heraushängen. Ein Gewirr kleiner Organe –

– ich nehme die Hände fort, lege meine Wange neben ihrem Kopf ins Gras und zwei Finger auf eine Pfote. Den Zeige- und den Mittelfinger auf die weiche Pfote. Ich höre, wie sich ihr Atem verlangsamt. Es klingt wie das Stöhnen eines besorgten Menschen. Ihr Fell ist warm und feucht –

– dann schließt Diana die Augen und hört auf zu atmen. Von einem Atemzug auf den anderen. Als wäre das ganz normal –

– auf einmal ist es fürchterlich dunkel. Fürchterlich dunkel. Eine Kälte steigt aus dem Boden hoch in meinen Körper, und ich beginne zu zittern –

– meine Zähne beginnen zu klappern –

– meine Zähne rattern wie ein Maschinengewehr. Mein ganzer Körper zittert, als wäre alle Wärme aus ihm entwichen und für immer aus der Welt.

Minutenlang liege ich so da. Zitternd, zähneklappernd. So lange dauert es, bis mir einfällt, dass so etwas nicht von allein passiert. Dass ein Katzenbauch nicht von alleine aufreißt. Dass es keinen Virus gibt, der die Innereien einer Katze über den Rasen verteilt. Ich höre ein Atmen, sonst nur Insekten. Es ist nicht mein Atem. Es kommt aus der Richtung der Beete. Aus einem Busch. Ich weiß nicht, wie ich aufstehe. Aber plötzlich stehe ich. Plötzlich gehe ich. Stehe auf und wandle. Ich schiebe Zweige zur Seite. Ohne Angst. Ohne etwas zu erwarten. Lassie sitzt da. Er kauert nicht. Er sitzt. Wie auf Befehl. Er hat Platz gemacht. Ein pflichtbewusster Hund. Er schielt mich von unten an mit seinem Hundeblick und Blut an der Schnauze.

»Komm, Lassie.«

Der Hund gehorcht. Mit hängendem Kopf folgt er mir über den Rasen. An Diana vorbei. Nur für einen winzigen Moment wird seine Nase von dem toten Körper angezogen, ein kurzes Ausbrechen des Kopfes. Auf die Veranda. Lassie leckt sich über die Nase. Ins Haus. Im Wohnzimmer schnuppert er an der Couch und hinterlässt rote Flecken auf dem Leder und dem Hochflorteppich. Er folgt mir die Treppe hinauf. Ins Badezimmer. Ich lasse Wasser in die Wanne einlaufen. Rote Spuren auf den Fliesen. Meine Hände hinterlassen rote Fingerabdrücke auf den Armaturen, auf dem Wannenrand. Ich ziehe meine Unterhose aus. Ich hebe den Hund in die Wanne. Dann steige ich selbst hinein. Ich nehme ein Stück Seife. Sie riecht nach Lavendel. Dann wasche ich den Hund. Dann wasche ich mich. Dann stehen wir sauber in der Wanne, sehen uns an, wissen beide nicht so recht, was als Nächstes kommt. Lassie macht Platz, setzt sich ins lauwarme Wasser und wartet ab, als wüsste ich, was jetzt zu tun ist. Ich steige heraus, nehme zwei Handtücher aus dem Schrank. In eines wickle ich den Hund, in das andere mich. Lassie, fällt mir auf, während ich sein langes Fell trockenrubble, sieht aus wie ein Collie, ist aber eigentlich viel zu klein für einen. So klein, denke ich, ist kein Collie. Dann gehen wir schlafen.

2

»Da bist du ja.«

Ich bin davon hochgeschreckt, dass mir ein fremder Hund über das Gesicht geleckt hat.

Ich habe dem Hund ein Schälchen Katzenfutter hingestellt.

Ich habe ein totes Kätzchen vom Rasen gekratzt und es in eine kompostierbare Plastiktüte eingewickelt.

»Ja, wo bist du denn gewesen, du kleiner Rumtreiber?«

Ich habe mit einer Harke angetrocknete Katzenreste aus dem Rasen gekämmt.

Ich habe Magensäure ins Beet erbrochen.

Ich habe ein bisschen geweint.

»Wen hast du denn da mitgebracht?«

Noch bevor der erste Lichtstrahl in den Garten gefallen ist, habe ich eine tote Katze unter einem halbtoten Bäumchen beerdigt.

»Ich heiße Benjamin. Ich komme aus dem Nachbarhaus.«

Ich habe meine Kotze umgegraben.

»Ich weiß. Du bist der Spanner, der mich durch die Hecke beobachtet hat«, sagt sie und lächelt.

»Ich …«

»Schon okay, ich wollte nur sehen, wie du reagierst. Wo hast du Lassie gefunden?«

»Er heißt wirklich Lassie?«

»Was dagegen? Und: sie. Es ist eine Sie.«

»Nein. Sie … ist mir beim Joggen über den Weg gelaufen.«

»Ah, cool. Danke fürs Zurückbringen.«

»Gerne.«

»Was machst du eigentlich nebenan? Bist du ein Verwandter oder was?« Sie beugt sich vor und wuschelt dem Hund durch das Fell.

»Ja, ich bin ein Neffe. Ich passe auf das Haus auf, während die beiden als freiwillige Helfer bei einem Brunnenprojekt in Malawi mit anpacken.«

»Echt? Hätte ich gar nicht gedacht, dass die so drauf sind.«

»Doch, doch.«

»Okay, dann bis dann, Benjamin. Warte«, sagt sie und kommt auf mich zu. »Du hast da was am Auge.« Sie leckt über ihren Daumen und wischt mir durchs Gesicht. »Guck«, sagt sie und hält mir ihren Daumen vors Gesicht. »Alles weg.«

Auf dem Daumen ist ein roter Fleck.

Ich fühle mich schrecklich müde und lege mich wieder schlafen. Im Bett ist ein Teppich aus Hundehaaren und ein wenig Laub.

Du wichst.

Du wichst auf der Toilette.

Du wichst mit dem nackten Arsch auf dem kalten Leder des Sofas.

Du wichst vor dem Computer.

Du wichst in deinem Hundebett.

Du wichst auf dem Ehebett.
Du wichst, bis kaum noch was kommt.
Bis deine Eier wehtun.
Bis dein Ding wieder blutet.
Bis es dunkel wird.
Du wichst, bis es an der Tür klingelt.

»Hi, ich habe ganz vergessen, dir zu sagen, wie ich heiße«, sagt sie und schlüpft an mir vorbei ins Haus, Lassie hinter ihr her. »Wow, ist ja noch größer als bei uns. Hätte ich nicht gedacht. Ich wollte schon immer mal wissen, wie es hier aussieht«, sagt sie und setzt sich auf das Sofa. Lassie legt sich auf den Teppich. Die Blutspuren, die der Hund letzte Nacht auf dem Leder hinterlassen hat, beachtet sie gar nicht. »Weißes Leder«, sagt sie, »was für eine bescheuerte Idee. Ist halt einfach nur irre schwer, so ein Ding sauber zu halten.« Sie öffnet den Rucksack und holt eine große Blechschüssel und eine Einkaufstüte heraus. Aus der Tüte schüttet sie eine gewaltige Menge Popcorn in die Schüssel, stellt sie auf den Couchtisch und lässt sich zufrieden in die Sofakissen fallen. »Popcorn«, sagt sie. »Hab ich selbst gemacht. Als Dankeschön, weil du meinen Hund gerettet hast. Jetzt machen wir einen Fernsehabend. Und behaupte nicht, dass du schon was vorhast. Ich weiß, dass das gelogen ist. Ich wäre früher gekommen. Aber ich kann im Moment nicht raus am Tag. Sonnenbrand«, sagt sie, zupft ein wenig Haut von ihrem Arm und steckt sie sich in den Mund. »Ich hab mein Leben fürs Erste auf nachts verlegt. Tagsüber hänge ich höchstens im Garten im Schatten rum. Aber das weißt du ja schon. Hast du eine kleine Schüssel?«

Ich hole eine kleine Schüssel. Sie schippt etwas Popcorn hinein und stellt sie Lassie hin.

»Also. Was sehen wir?«

»Ich weiß nicht.«

Sie schlüpft aus ihren Badeschlappen und legt ihre nackten Füße auf den Couchtisch. »Überrasch mich«, sagt sie.

Ich nehme die Fernbedienung und setze mich auf das Sofa. Meine Hände schwitzen.

Wir sehen einen koreanischen Horrorfilm auf einem koreanischen Kanal. Danach sitzen wir lange einfach nur so nebeneinander und bewegen uns nicht. Dann fragt sie, wo das Klo ist, bleibt lange weg, ruft Lassie und geht rüber zu sich nach Hause.

»Bis morgen Abend«, sagt sie.

Als ich ins Bad gehe, kann ich sie immer noch riechen. Die Toilette hat so eine Art Teller, auf dem alles landet, bevor ein Wasserschwall es wegspült. Ich kann mir vorstellen, wie sie durch ihre Beine fasziniert auf ihren größer werdenden Haufen geguckt hat. Ich setze mich neben die Wanne und bleibe, bis der Geruch sich verzogen hat.

Ein Donnern weckt mich. Das Digitalfeld auf dem Radiowecker zeigt die Zahlen eins, sieben, vier und sechs an, und es dauert, bis mein Verstand sie zu einer Uhrzeit zusammengesetzt hat. Ich habe den ganzen Tag verschlafen. Vor der Tür dröhnt der Staubsauger und knallt noch ein paar Mal gegen die Unterkante meiner Tür. Ich schlüpfe in Jeans und T-Shirt.

»Guten Morgen, Señora«, sage ich so gut gelaunt es geht und reibe mir die Augen.

»Ya son casi seis y aún estás en la cama. De dónde vienen estas manchas de sangre, que están en la sala? Sobre la alfombra? Sobre el sofá?«

Sie guckt mich herausfordernd an. Ich verstehe kein Wort. Ich sage: »Guten Morgen, Frau Margarita.«

»Gute Morge, gute Morge. Jajaja. Explícame mejor de dónde viene esta sangre y estos pelos de animal qué están en el baño. Qué es lo que pasa aquí? Jovencito, no te estarás metiendo en lios. Ah?«

Sie macht ein Zeichen, dass ich mitkommen soll, und zeigt mir ein paar feuchte Flecken auf dem Teppich. Die Stellen, wo das Blut war.

»No puedo estar ordenando siempre detrás de tí. No sé qué es lo que está pasando aquí. Pero tú, cuidate. Oiste? Cuidate. Vorrsich!«

»Pack die Badehose ein, nimm dein kleines Schwesterlein!«

Sie steht mit Lassie und ihrem Rucksack auf dem Rücken vor der Tür.

»Wir gehen schwimmen. Nightswimming, deserves a quiet night«, sagt sie. Die Welt ist ausgegraut. Die Nacht ist kurz davor, die letzten Farben zu verschlucken.

Die Siedlung ist eine Reihe immer gleicher, kleiner Straßen. Kleine sauber geteerte Alleen, die wie ausgestorben wirken, weil keine Autos parken. Sie verschwinden nachts in den Garagen, die hier jedes Grundstück hat. Wir biegen in eine schmale Gasse ein, die in einem Wäldchen endet.

»Das hier«, flüstert sie in mein Ohr, »nennen die Kinder in der Siedlung den Vergewaltigerweg.«

»Quatsch.«

»Kein Quatsch.«

Sie führt mich durch eine eiserne Pforte zwischen hohen Hecken.

»Hier sind wir ja wohl total falsch«, flüstere ich, als ich die Grabsteine sehe.

»Warum flüsterst du?«, sagt sie übertrieben laut und macht ein paar schnelle Schritte ins Dunkel. Vor einer schwarzen

Marmorplatte im Boden bleibt sie stehen und sagt gar nichts. Insekten rascheln im trockenen Laub, und es fällt mir in diesem Moment nicht besonders schwer, mir vorzustellen, wie aus jedem dieser Gräber ein Schatten steigt. Sich mit Schwänzen, Kiemen und Schwimmhäuten aus der Erde wühlt. Unter Grabsteinen hervorkommt, auf denen »Meyer« oder »Schulz« steht. Kreaturen, halb Nachbar, halb irgendwas. Mit Augen, die von Jahrzehnten in feuchten Gräbern an die Dunkelheit gewöhnt sind.

»Hier liegt mein Vater«, flüstert sie jetzt plötzlich doch, hakt sich bei mir ein und legt ihren Kopf auf meine Schulter. »Er ist sehr jung gestorben. Es war schon komisch. Vorher war nie jemand in unserer Familie krank. Wir sind alle uralt geworden. Es war also allen klar, dass es irgendwann passieren muss, dass irgendwann einer vor seiner Zeit gehen muss.«

»Ich dachte immer, man sagt: In unserer Familie werden alle alt, also stirbt keiner früh. Gute Gene und so.«

»Ach ja? Bei uns war es eben anders. Du bist ganz schön unsensibel.«

»Wer war eigentlich der Mann, den ich vor ein paar Tagen mit dir und deiner Mutter gesehen habe? Ich dachte, das wäre dein Vater.«

»Keine Ahnung, wen du meinst.«

»Na ja, ich dachte, ich habe dich vor ein paar Tagen mit jemandem gesehen, der dein Vater ist.«

»Willst du jetzt auch noch behaupten, ich lüge?«

»Nein. Aber hier steht, dass dieser Mann schon seit 25 Jahren tot ist.«

»Na und. Ich bin 32 und bin früh Halbwaise geworden«, sagt sie, löst sich von mir, schaut mich trotzig an.

»Quatsch.«

»Na, was glaubst du denn, wie alt ich bin.«

»Weiß ich auch nicht.«

Sie küsst mich. Ganz kurz nur. Schnappt mit ihrem Mund nach meiner Unterlippe. Er ist eiskalt, obwohl es eine schwüle Sommernacht ist.

»Komm schon. Hier entlang«, sagt sie und lotst mich tiefer auf den Friedhof. Bevor ich etwas sagen kann, schlüpft sie durch ein Loch in der Hecke.

Auf der anderen Seite liegt ein düsteres Rechteck, in dem sich der Mond spiegelt. Sie zieht ihren schwarzen Troyer aus, lässt die Shorts ihre Beine hinunterrutschen. Darunter ist wieder der Bikini. Sie läuft zum Beckenrand. »Ups«, ruft sie. Es macht ein kratzendes Geräusch am Beckenrand, als sie ausrutscht und ins Wasser fällt. Der Mondteller zerbricht in tausend Scherben. Ich renne zum Beckenrand, kann in der Dunkelheit aber nichts sehen. Zeit vergeht. Sie taucht nicht auf. Ich weiß nicht, was mich daran hindert, ihr hinterherzuspringen. Ich schaue einfach zu, wie der Mondteller sich Welle für Welle wieder zusammensetzt.

Dann teilt sich das Wasser. »Miau«, prustet sie und schiebt einen Schwall in meine Richtung, »ich bin eine ertrinkende Katze. Du musst mich retten. Miau! Rette mich!«

Lassie macht einen Satz ins Becken.

»Komm auch rein«, sagt sie. »Na los!« Und Lassie scheint mich anzulächeln. Sie lächeln beide. Zwei lächelnde körperlose Köpfe auf dem dunklen Wasser.

Der Rest von ihr macht unter der Oberfläche ein paar merkwürdige Bewegungen, dass ich kurz denke, sie hat einen Krampf. Dann wirft sie etwas zum Beckenrand. Es dauert ein bisschen, bis ich verstehe, dass es ein Teil ihres Bikinis ist.

Ich drehe mich um und laufe weg.

»Hey«, höre ich es noch rufen. Aber das könnte sonst wer sein.

Ich lasse sie im Wasser zurück und krieche durch das Loch auf den Friedhof.

Ich habe vergessen, wie ich zum Haus zurückkomme. Alle Straßen sehen gleich aus. Alle Hecken sehen gleich aus. Zweimal links, einmal rechts? Zweimal rechts, einmal links? Ich schaue in den Himmel, überlege ernsthaft, ob ich nicht nach den Sternen navigieren kann. Aber der Weg ist viel zu kurz, und ich weiß nichts von den Sternen. Als die Sonne aufgeht, finde ich endlich das Haus.

»Hey, da bin ich wieder. Warum bist du gestern Abend so plötzlich abgehauen?«

»Ich weiß nicht.«

»Du siehst nicht gerade glücklich aus. Was ist denn los mit dir?«

»Ach, nichts.«

»Dann komm her und küss mich.«

Sie legt eine Hand in meinen Nacken und drückt meinen Mund auf ihren.

»Was soll das?«

»Ich weiß nicht. Ich find's gut. Ich wollte es einfach mal ausprobieren, und mir gefällt's.«

»Aber ... warum lassen dich deine Eltern eigentlich noch so spät raus?«

»Warum? Ich bin 19, habe grade mein Abitur mit 1,4 bestanden und kann tun und lassen, was ich will. Die Welt ist mein Spielplatz. Und ich will dich küssen. Außerdem habe ich ja einen Wachhund dabei. Nur für den Fall, dass du überlegst, mich im Keller als deine Sexsklavin wegzusperren.«

Ich bekomme einen Halbsteifen. Und es ist mir egal, ob sie das merkt.

Wir gehen nicht wieder schwimmen oder sonst irgendwohin. Sie kommt abends, wir sehen fern, wir knutschen. Dann geht sie wieder. Ich bleibe nachts wach und schlafe tagsüber. Ich schaue nicht mehr in den Garten. Ich öffne nicht, wenn es tagsüber an der Tür klingelt. Um das Haus kümmert sich Margarita. Ich kann mich nicht erinnern, wann ich mich das letzte Mal so gut gefühlt habe. Wir reden nicht viel. Während wir uns küssen, lasse ich meine Hand unter ihren Pulli rutschen, und sie lässt es geschehen. Wenn wir auf dem Sofa aufeinander liegen, spürt sie die Erektion in meiner Hose. Aber es kümmert sie nicht. Diese Tage im Halbschlaf, diese Nächte auf dem Sofa sind ein ganz neues, fremdes Leben.

»So, genug ferngesehen«, sagt sie, »komm mit.« Und als würde sie das Haus schon lange kennen, zieht sie mich ins Schlafzimmer mit dem großen Ehebett. Sie beginnt sich auszuziehen. Unter ihren Sachen trägt sie wieder den Bikini. Sie legt sich auf das Bett und sagt, ich soll herkommen. Ich komme her. Wir küssen. Sie zieht mir das T-Shirt aus. Ich sage ihr, dass wir das nicht machen können. Sie sagt, dass sie das aber so will, legt meine Hand auf ihren weichen Bauch und schiebt sie in ihr Höschen. Unter weichem Haar, viel weiter unten, als ich es mir vorgestellt hätte, beginnt die Öffnung. Sie fühlt sich warm an unter meinem Zeigefinger. Sie legt ihre Hand auf den Reißverschluss meiner Jeans. Sie packt zu. Nicht sehr, aber es tut weh.

Es sind andere Schmerzen, als wenn ich es selbst tue.

Durch den Jeansstoff reibt sie meinen harten Schwanz. Es brennt, und ich stelle mir vor, wie er wieder beginnt zu bluten. Wie Blut meine Unterhose fleckig macht. Wie auf der Unterhose langsam ein blutiges Negativ meines Dings erscheint. Dunkelrot, fast schwarz in diesem Licht.

»Tut mir leid«, sage ich, »ich kann das jetzt nicht.«

»Ich habe ein Kondom dabei«, sagt sie.

»Nein, lass das, ich kann das jetzt nicht.«

Sie lacht und versucht, den Reißverschluss meiner Hose aufzumachen. »Ach, komm schon. Hab dich nicht so.«

»Nein. Lass das.« Ich schlage ihre Hand weg.

»Wir können auch einfach küssen«, sagt sie und beginnt an meinem Hals entlangzulecken.

»Hau ab, ja?«, höre ich mich schreien und drücke sie mit meinen Tennissockenfüßen vom Bett.

Lassie knurrt mich an. Ich habe gar nicht gesehen, dass sie auch im Zimmer ist.

Dudenkstnichtdaran.
Dudenkstnichtdaran.
Dudenkstnichtdaran.

Am nächsten Abend kommt sie nicht. Ich gehe wieder ins Bett. Als ich am Morgen die Rollläden hochrattern lasse und die Gartentür öffne, höre ich Stimmen von nebenan. Ich schleiche zur Hecke und sehe gerade noch, wie Lassie zu ihr und ihrer Mutter ins Auto springt. Der Mann, von dem sie behauptet, dass er nicht ihr Vater ist, hievt einen absurd großen Rollkoffer und eine pinke Sporttasche ins Auto. Dann fahren sie weg. Ich schiebe die Sicherheitsriegel vor, lasse die Rollos herunter, schalte die Alarmanlage an.

Sie kommt auch am nächsten Abend nicht zu mir. Sie kommt eine ganze Woche nicht.

Ich bleibe im Haus. Ich muss auf das Haus aufpassen. Einer muss auf das Haus aufpassen. Nach noch einer Woche klopft es an der Zimmertür. Es ist ein sachtes Klopfen.

»Ja?«

Die Tür geht auf, und ein kleiner Junge mit pechschwarzem Haar kommt herein.

»Hallo«, sagt er.

Ich wühle mich aus dem Bett. Neben dem Kopfkissen liegt braunes Laub.

»Wer bist du? Was willst du hier?«, frage ich ihn.

»Dile que tu abuela te pidió el favor de traducirlo«, höre ich eine vertraute Stimme aus dem Flur. Dann steht Margarita hinter dem Jungen. Legt ihm ihre von Putzmitteln geschwollenen Hände auf die Schultern.

»Ich soll Ihnen von Oma sagen, dass ich Ihnen sage, was sie Ihnen sagt.« Er ist vielleicht fünf und lutscht die Konsonanten rund wie Bonbons.

»El tiene que salir de su cuarto, yá. Dícelo.«

»Sie sollen aus Ihrem Zimmer kommen.«

»Mientras limpio bien esta pocilga, debe ir él al supermercado y comprarse algo saludable para comer.«

»Sie sollen zum Supermarkt gehen und sich etwas zu essen kaufen. Oma macht dann hier sauber.«

»Y luego cuando regrese debe invitar amigos o llamar a alguien por teléfono para que le hable. Yo no puedo hablar con él. No puedo hablar su idioma tan complicado. Soy demaciado vieja para estas cosas. Dícelo.«

»Danach sollen Sie Freunde einladen oder jemanden anrufen. Sie kann ja nicht Ihre Sprache.«

»Le dijiste todo? De lo que te dije?«

»Si.«

»Tiene que decirnos que nos ha entendido. Por Dios. Realmente no sé que es lo que pasa con este muchacho, pero no se lo digas. Dile solamente que nos tiene que decir que nos ha entendido.«

»Sie sollen Oma sagen, dass Sie verstanden haben.«

Ich nicke.

»De acuerdo, entonces ahora tiene que ducharse, ponerse algo encima e ir al supermercado. Dile esto.«

»Oma sagt, Sie sollen sich dann jetzt bitte waschen und zum Supermarkt gehen«, sagt der Junge schüchtern.

»Y dile que deje de ser tan idiota, verdaderamente no es tan tonto.«

»Ich soll Ihnen sagen, dass meine Oma Sie gernhat.«

Das Licht im Supermarkt ist grell. Die Hände, die den Einkaufswagen schieben, sehen blass aus, als hätten sie seit Monaten keine Sonne gesehen. Ich lade frisches Gemüse in den Wagen und ein paar Flaschen Mineralwasser. Außerdem besorge ich eine Tüte Mineralien für das Bäumchen. Ich zahle an der Kasse. Ich gehe mit zwei Einkaufstüten zurück zu dem Haus.

»Hey!«, höre ich es plötzlich rufen.

Es ist ihre Stimme. Ich will mich nicht umdrehen. Ich drehe mich um. »Hey«, flüstere ich leise. Sie kann mich nicht hören. Sie steht weit weg. Sie trägt keinen Bikini. Sie trägt ganz normale Sachen. Ihre Haut ist nicht mehr rot. Sie kommt auf mich zu. Die Ampel vor mir leuchtet rot. Erst als sie mit schnellen Schritten an mir vorbei über die Straße läuft und einen Jungen auf der anderen Seite küsst, verstehe ich, dass sie es gar nicht ist.

Ich öffne die Tür zum Haus und höre ein irre lautes Geräusch. Ein Kreischen. Das Geräusch füllt den Flur ganz und gar aus. Grell, langgezogen. Ich fühle mich wie ein Einbrecher. Als wäre es selbstverständlich, dass dieses Haus von diesem Geräusch bewohnt wird, schon immer bewohnt wurde und dass ich nur ein Eindringling bin, der es stört.

Leise drücke ich die Tür in den Rahmen und schleiche durch den Flur und den Lärm. Laub liegt auf dem Wohnzimmerboden, Erde und Gras sind auf der weißen Couch. Jemand hat die Rollos hochgezogen, und durch die Glasfront zum Garten sehe ich einen Mann in einer grünen Latzhose. Er trägt Kopfhörer und dicke Arbeitshandschuhe. Er lässt eine Motorsäge durch die tote Krone meines Bäumchens kreischen. Mit zwei, drei Bewegungen bleibt nur noch ein Stamm. Er holt noch einmal aus, und es ist nichts mehr da als ein Stumpf, den er mit beiden Händen packt. Der Stumpf, der Stamm, die Äste, alles landet in einem großen Plastiksack.

»Was machen Sie da?«, brülle ich ihn an, während ich rausrenne.

Er pfeift ein Lied ohne Melodie.

»Hey«, brülle ich und packe ihn an der Schulter.

Der Mann zuckt zusammen, dreht sich um und nimmt seine Kopfhörer ab.

»Herrje, Sie haben mich aber erschreckt. Erschrecken Sie niemals einen Mann, der eine Motorsäge in Reichweite hat. Wenn ich diese Dinger aufhabe, kann sich eine Herde Elefanten von hinten anschleichen, und ich krieg davon nichts mit.« Er zieht die Arbeitshandschuhe aus und streckt mir die Hand entgegen. »Paul Clausen.«

»Was machen Sie hier?«, frage ich noch einmal und merke, dass es mir schwerfällt, eine Verzweiflung in meiner Stimme zu zügeln, die mir gegenüber einem ganz normalen Menschen albern vorkommt. Eine Verzweiflung, an die ich mich in den letzten Wochen gewöhnt habe.

»Ich schaffe den Baum weg«, sagt er.

»Das können Sie nicht machen.«

»Keine Panik. Ich habe hier den neuen.« Er zeigt auf eine Schubkarre, in der ein Baum wie meiner liegt.

»Aber Sie können doch nicht einfach den Baum rausreißen und ersetzen.«

»Doch. Klar. Warum nicht?«

»Weil man dieses Bäumchen hätte retten müssen.«

»Da war nichts mehr zu holen, Junge.«

»Und jetzt pflanzen Sie einfach einen neuen, als ob nichts gewesen wäre?«

»So sieht's aus. Schau doch mal, Junge. Man kann den Unterschied kaum erkennen.«

Und tatsächlich ist das neue Bäumchen dem alten sehr ähnlich, der Stamm, die Größe, sogar die Gabelung der Äste. Nur dass dieser dicht mit seinen merkwürdigen grünen Blättern bewachsen ist.

»Aber warum sind Sie nicht früher gekommen, um den alten Baum zu retten?«

»Der war nicht zu retten, Junge. Diese Bäume wachsen einfach nicht in diesem Boden. Das hier ist schon der dritte oder vierte, den ich hier einsetze.«

Keine Angst Angst. Es es es dauert dauert dauert dauert ja ja ja ja ja nicht nicht nicht nicht nicht nicht allzu allzu allzu allzu allzu allzu allzu lang lang lang lang lang lang lang lang.

Ich merk schon, kein leichtes Publikum, ziemlich anspruchsvoll sogar. Der mit Benjamin und der Frau unter der S-Bahn ist ja nicht so richtig gut angekommen. Und der andere, wo das kleine Mädchen Benjamin hinterherrennt und von dem Auto erwischt wird, hat ehrlich gesagt auch schon mal besser gezündet. Muss dir nicht unangenehm sein. Aber die Luft wird langsam dünn. Soll ich jetzt den erzählen, wo Benjamin seinen kranken Vater nicht bei sich zu Hause aufnehmen will und der sich ein paar Wochen später im Altersheim erhängt? Oder den, wo Benjamin Strandurlaub mit einem Mädchen macht und die mit ihm wettet, wer sich näher an den Strudel traut? Und am Ende schwimmt er allein zurück zum Strand? Nee, das ist alles nichts. Aber warte, einen letzten hab ich noch. Der ist ein echter Brüller. Also. Bereit? Sagt Benjamin: »Ich glaube nicht an andere Menschen. Ich meine: Ich glaube nicht, dass es andere Menschen gibt.« Nein, nur ’n Witz. Jetzt kommt er. Jetzt kommt der richtige. Also, jetzt kommt der eigentliche.

Benjamin

»Weißt du, es gibt Geschichten, die muss sich das Leben ausdenken. Da gibt es keine Spannungsbögen und keine Moral. Es gibt einfach diese Geschichten, die kann man sich nicht selbst ausdenken. Das muss das Leben übernehmen. Macht es ja auch. Zum Beispiel das Mädchen, das eine Zahnspange hat und alle in der Schule hassen sie, also das Mädchen. Und eine Brille hat sie auch noch. Und dann bekommt sie auf einmal die Zahnspange raus, und die Eltern kaufen ihr Kontaktlinsen, und plötzlich finden alle sie gut. Das sind so Geschichten, da gibt es keinen Sinn. Das sind so Geschichten, die passieren einfach so mir nichts, dir nichts. Weil eben alles irgendwann passieren muss. Denk mal an die Milliarden Menschen. Und die machen was. Ständig. Alle. Den ganzen Tag. Irgendwas und noch was und noch was. Deshalb stehen die Chancen eben auch nicht schlecht, dass alles ständig passiert. Oder irgendwann zumindest. Auch die Sache mit diesem Typen. Ich weiß nicht mehr, wo ich das neulich gelesen habe. Der bekommt eine Million oder noch mehr oder weniger, wenn er den Reichen mit seiner Frau rummachen lässt. Da geht's dann vorher natürlich hin und her. Aber so was lässt sich ja keiner einfallen. So was passiert eben einfach. Ständig passiert alles. Trotzdem denkt man ja manchmal, dass es niemand anderen gibt. Wenn man mal darüber nachdenkt, wird einem klar, dass es einem die meiste Zeit vorkommt, als würde man nur selbst was machen, was denken, das Ganze, und alle anderen wären nur Schatten. Als hätte sich einer alle nur ausgedacht. Eigentlich weiß man ja, also vom Kopf her zumindest weiß man ja, die gibt es eben alle. Hier. Im Dorf. In New York. In China, Indien,

Afrika. Einfach überall. Gott! Allein diese ganzen Länder. Da könnte einem direkt schwindlig werden. So viele Leute. Was die machen, was in denen vorgeht. In jedem so viel wie in dir selbst. So viel Kram. Darüber denkt man besser nicht zu lange nach, oder? So eine Masse an Leuten sind ja wie die Geschichten. Die kann sich keiner ausdenken. Diese Geschichte zum Beispiel: Von dem Mann, der todkrank ist. Krebs. Wie ja die meisten Krebs haben oder kriegen. Erinnerst du dich eigentlich noch an Tschernobyl? Kommt einem so vor, als sei das schon Ewigkeiten her, als der ganze Dreck in die Luft ist. Also die Stoffe. Dreck war es ja nicht. Die Strahlung, unsichtbares Zeug. Wie ja Geschichten auch unsichtbar sind. Wie viele Menschen da auf lange Sicht gestorben sind. Aber ein paar Regenwürmer zum Beispiel haben über die Strahlung gelernt sich zu paaren, anstatt sich selbst zu befruchten. Auch cool irgendwie. Unsichtbare Strahlung. Unsichtbarkeit überhaupt. Aber dieser Mann hat eben den Krebs, oder war es was anderes? Und dann lernt er seinen Bettnachbarn kennen, der auch nicht mehr lange hat. Wie war das noch mal? Weil die beiden genau gleich lachen oder ihre Stimmen klingen genau gleich, glaube ich. Und am Anfang können die sich nicht leiden, aber dann doch und dann wieder nicht, und dann wird's am Ende noch mal dramatisch. Mit Tränen und allem. Aber dazwischen gehen die beiden noch mal Fallschirmspringen. Und beim Fallen mit dem neu gewonnenen Freund überdenken die noch mal ihr ganzes Leben. Ich habe ganz vergessen, wo ich das gelesen habe. Macht ja aber jeder. Egal, ob todkrank oder normalsterblich. Wenn man aber ehrlich ist, kann das keiner, so ein ganzes Leben überdenken. Passiert ja viel zu viel, ist viel zu kompliziert so ein Leben. Kann alles passieren oder auch nichts. Oder es kommt einem nur vor wie nichts. Nur eins passiert nicht. Habe ich zumindest noch nicht erlebt. Ich habe noch nie erlebt, dass, wenn eine Serie heißt wie der Held, dass der abkratzt. Heißt eine Serie wie der Held, schafft der es immer. Klar kriegt der auch am meisten ab. Also leicht ist es nie, aber ist es ja auch so nie. Oder fast nie. Wobei es vielleicht ja auch öfter leicht ist, als man denkt. Findest du das nicht auch beruhigend? Etwas, auf das man vertrauen kann. Viele haben ihr Vertrauen ja längst verloren. Vielleicht ist es auch einfach egal, ob andere auf was vertrauen oder überhaupt was finden. Genauso egal, ob die sich was ausdenken. Müssen sie ja auch gar nicht. Das macht ja das Leben. Auf diese Geschichte würde ja wohl auch keiner von selbst kommen: Wo ein Mann jahrelang über die unterschiedlichen Meere fährt, in seinem Boot, und jagt einen einzigen Fisch. Der ist kein Wissenschaftler und fischt auch nicht nach einer ganzen Art, sondern nach einem einzelnen Fisch. Einfach so. Oder hat er den an der Angel und lässt einfach nicht mehr los? Ich hab's vergessen. Ich habe auch vergessen, auf welchem Sender ich das gesehen habe. Welche Doku das war. Auf jeden Fall lässt er sich Tage aufs Meer hinausschleppen, bis die Hände bluten. Ich glaube nicht mal aus Hunger oder wegen des Geldes, sondern einfach so. Ist ja im Prinzip auch dasselbe. Aber so was gibt es eben, weil es eben alles gibt. Kann sich keiner ausdenken. Keine Moral, keine Handlung. Wenn man ehrlich ist, eigentlich keine echte Geschichte. Nur der Typ und sein Fisch. Oder diese andere Story, von der ich gehört habe: Da ist einer Truckfahrer, und dessen Frau ist aber Tochter von Millionären, und die wollen nicht, dass der Trucker und die Tochter aus dem guten Haus miteinander ... klar. Und dann stirbt sie aber, und der Vater und der gemeinsame Sohn finden auf einer Truckfahrt durchs halbe Land zueinander. Passiert alles. Aber ist jetzt halt auch keine richtige, richtige Geschichte. Streng genommen gar keine Geschichte.

Ist eben einfach nur passiert. Passiert eben alles. Was passiert, passiert. Passiert, passiert und passiert. So geht's immer. Ich ... na ja ... Auch so eine Sache: Denken viele, ist aber gar nicht so, dass nur, weil es die ganze Zeit um dieselben Leute geht, etwas schon eine Geschichte ist. Das können ja genauso gut einfach Sachen sein, die wem passieren. Zusammenhangloses Zeug. Ist es ja meistens auch. Na ja. Dein Leben ist ja auch keine Geschichte. Eher so eine Sache, die nach der anderen passiert. So ist es immer. Sachen, die man macht, und Sachen, die einem passieren. Also, nicht dass du das in den falschen Hals kriegst, meins ja auch nicht. Manchmal lacht man eben oder denkt Glück gehabt, und andere Tage, da weinst du. Die wenigsten Leben sind ja eine Geschichte. Nimmt man zum Beispiel Lebensläufe. Die auf Papier. Macht ja alles mehr Sinn auf Papier. Oder tut so. Auch gefährlich, nebenbei. Und der Lebenslauf sieht aus, als würde eins auf das andere kommen. Dann Schule. Dann noch 'ne andere Schule. Dann was studieren, Ausbildung meinetwegen. Dann was arbeiten. Und noch was anderes arbeiten. Arbeiten, arbeiten, arbeiten. Dann schreibt einer noch die Kinder und Fremdsprachen rein oder was man für Führerscheine hat. Dann das, dann das und dann noch irgendwas. Eben auch wieder so eine Geschichtensache, tut so, als wäre das eine Geschichte, ist aber nur Quatsch mit Soße. Eher 'ne Serie. Im besten Fall 'ne Serie, oder? Da darf und soll dann ja wohl auch alles passieren. In der Serie steckt ja schon drin, dass irgendwann irgendwem alles passieren kann. Na ja, alles eben, was einer sich ausdenken kann. Wie in meinem Leben eigentlich nur passiert, was ich mir ausdenken kann. Ja gut. Und dann noch das, was mir zustößt. Die Schrecken. Können sich die Leute ganz einfach abgucken. Von mir, von Truckerfahrern, Anglern, allen. So kann dann ja eben in einer Serie auch alles passieren. Alles, außer dass der

Held stirbt, nach dem die Serie benannt ist. Der Held schafft's immer, klar? Und das hier. Das ist ja keine Geschichte, keine Serie, kein sonst was. Und ich werd's ja auch nicht schaffen. Aber du eben auch nicht.«

Ich glaube nicht an andere Menschen. Du glaubst nicht an andere Menschen. Er, sie, es glaubt nicht an andere Menschen. Wir glauben nicht an andere Menschen. Ihr glaubt nicht an andere Menschen. Sie glauben nicht an andere Menschen.

Xxxxxxxx

»XXX X XXXX XX XXXXXXX XXXXX XX XXXX XXXX« Xxx.

Xxx xxxxx’x xxxx. Xxx xxxx xxxx xxxx xxx xxx xxxxxxxxx?--Xxxxxxx xxx xxx xxxxxxx xxx xxxxx.

Xx xx xxxxxxx, xxxx xxxxx xxx Xxxxxx’x xxxxxxxxxxxx, X xxx xx xxxx xxx Xxxxx xxxxxxxxx xx xxxx xxx xxxxx xx Xxxx’x xxxxxxx, xxxx xxxx xxxxxxx xxxxxxx xxx xxxxxx xxxx; xxx xxxx, xxx, xxxx xx xxx xxxx xxx xxx xxxxx xxx xxxx xxxxxx xxxx xxx xx xxx xxxxxxx xxxx, xxx xxxxxxx xxxxxx. Xx, xxxxxxxx xx xxx xxxxxx xx xxx xxxxxxx xxxxx, xxx xx xxxx xxxxx xx xx, xxxx xxx xxxxxxxxx xxxxxxx xx xxx xxxx xxxx xxxxxxx xx, X xxx xxxx, xxx xxxxxx, xxxxx xxxxxxx xxx xxxxxxx xxxxxx. Xxxx X xxxxxxx xx, xx xxx xxxxxxxx xx x xxxxxx xxxx. Xxxxx xxx xxxxx, xxxx, xxx xxxx xxxxxxxxxxx xxxxxxx xxx xxxxxx-xxxx xxxxx xxxxxx xx xxx xxxx xx xxxx xxxxxx xxxxxxxx xxxxxx, xxxx xxxxxxx Xxxxx X xxx xxxxxxx. Xxxxx, xxxxxxx xxxx xxxxx xxxxxx, xxx xxxxx xxxxxx xxxxxx xxxxx; xxx xxx, xxxxxxxxx xx xxxxxx xx xxx xxxxxxx xxxxxx, xxx, xxxxx xx xxx xxxxx xxxxxxxx, xxxxxx xxxx xxxxx xxxxx, xxx xxxxxx xxxx-xxxx xxxx xxxxxxxxxx xxxx xxx xxx, xxxx xxxx, xxx xxxxxxx xx xx xxxx. Xxxxxx xx xx xxxx xxxxxx, xxx xxxxxx xxx xxxxx xxx xxx xxxxx, X xxxxxxx xx x xxxx xxx xxxxxxxxx xxxx. Xxx xxxxxxxxx xxxxxx, xxxx xxxxxx xx xx xx xxxx xxxxxxxx xx xxxxx xxxxxx; xxx xxxxxx xxx-xxxxx xxxxxx xxxx xxxxxxxx xxxxx. Xx xxx xxxxxx xxx, x xxxx xxxx xxxx, xxxxxx, xxx xxxxxx xx xx xx xxxx. Xx xxx xxx xxxxxxx-xxxxxxxx Xxxxxx, xxxx xx xxx xxxxxxxxx xxxxxx xxxxx xxx xxxxxxx xxxxxxxx, xxxx xxxxx xxxxxxx xxxxxx.